나 자신으로
살아가기

나 자신으로
살아가기

임경선

마음산책

임경선

산문 『태도에 관하여』 『자유로울 것』 『평범한 결혼생활』 『여자로 살아가는 우리들에게』(공저), 소설 『다 하지 못한 말』 『호텔 이야기』 『가만히 부르는 이름』 『곁에 남아 있는 사람』 등 다수의 책을 썼다. 나흘에 한 번, 경복궁 주위를 달린다.

나 자신으로
살아가기

1판 1쇄 발행 2023년 5월 25일
1판 5쇄 발행 2024년 8월 10일

지은이 | 임경선
펴낸이 | 정은숙
펴낸곳 | 마음산책

등록 | 2000년 7월 28일(제2000-000237호)
주소 | (우 04043) 서울시 마포구 잔다리로3안길 20
전화 | 대표 362-1452 편집 362-1451   팩스 | 362-1455
홈페이지 | www.maumsan.com
블로그 | blog.naver.com/maumsanchaek
트위터 | twitter.com/maumsanchaek
페이스북 | facebook.com/maumsan
인스타그램 | instagram.com/maumsanchaek
전자우편 | maum@maumsan.com

ISBN 978-89-6090-813-0 03810

* 책값은 뒤표지에 있습니다.

일상의 선택이 쌓이면 습관이나 루틴이 되고,
라이프스타일의 선택이 쌓이면 취향이 된다고 했다.
인생의 선택이 쌓이면?
점점 '나 자신'이 되어간다.

이 책은 지난 몇 년간 내 마음을 뒤흔든 인생의 질문들에 관한 이야기다.

평소 자잘한 고민을 잘 하지 않는 다소 건조한 성격인 나는, 고민이 있어도 대개 해결책을 알고 있으며, 다만 실천에 옮기느냐 마느냐가 문제였을 뿐이다. 하지만 몇 년 동안은 다음의 세 가지 화두에 관해 깊은 고민에 빠져 있었다.

나이 : 어쩔 수 없이 닥쳐오는 나이 문제로 공포에 질려 있었고,
글쓰기 : 영상 콘텐츠가 우세한 환경에서 계속 글을 쓰면서 살아갈 수 있을까 막막했고,
선택 : 수시로 불시에 찾아오는 삶의 기로에서 스스로 납득할 만한 선택을 하고 싶었다.

차분히 시간을 들여 이 문제들에 대해 생각했고, 나이 들어도 결코 변하지 않을 조건, 지속 가능한 글쓰기를

위한 근력, 그리고 나다운 삶을 이루는 선택에 대해 나만의 기준을 가지고 차곡차곡 정리를 할 수 있었다. 정리된 생각들은 강연으로 이어져 독자분들을 만났으며, 그것이 나만의 고민이 아니었음을 알게 되었다. 그리고 시간이 흘러 이번에는 책을 통해 재차 독자분들과 함께 우리의 삶에 대해 생각하고 이야기할 기회를 가지고자 한다.

　인생의 선택이 쌓이면 그것이 바로 내가 되는데,
　이제는 확실히 정리하고 넘어갈 시점이기도 했다.

　첫째, 불가피하게 나이는 점점 들어가는데 그것을 예민하게 의식하며 변해가는 것이 맞는 건지, 어째서 롤 모델로 삼을 만한 인생 선배들은 많이 보이지 않는지 답답하기만 했다. '괜찮은 어른'은 신기루 같은 것일까? 나이 드는 일은 내가 통제할 수 없는 필연이겠지만 지켜나갈 중심은 스스로 정하고 싶었다. 둘째, 이제는 모두가 책을 쉽게 낼 수 있는 시대이다. 하지만 작가로 살아남는 것은 다른 차원의 문제이다. 꾸준히 글을 쓰게 하는 동력은 어디에서 나오는 것일까? 재능, 운, 노력, 태도 등 지속 가능한 작가 생활을 위한 토대를 찬찬히 짚어가며 '작가의 일'을 진지하게 되짚어보았다. 마지막으로 우리가 매 순간 내리는 크고 작은 인생의 선택들을 생각했다. 일상 속의 작고 사소한 선택부터 의식주 취향을 이루는 선택, 더 나아가서는 자신의 정체성과 세계관을 되묻고, 결과적으로 인생의 기로를 크게 좌우하게 될 가치를 선택하는 일. 과거 내 인생의 결정적인 선택들을 반추하면서 모종의 깨달음을 얻었다. 이 모든 것들은 결국 '나 자신으로 살아가기' 위한 본능적인 의지였다.

인생을 사는 일엔 객관적인 정답이 존재하지 않기에 더욱 어렵게 느껴진다. 남들과 똑같이, 남을 따라 하며 살 수가 없기 때문에 상황은 더 복잡해진다. 그래서 우리에게 남겨진 최선의, 혹은 유일한 방법은 '나 자신으로 살아가기'이다. 대체 그게 뭔데? 왜 '나답게' 살아야 하는 건데, 라고 당신은 물을지도 모른다. 왜 그래야 하느냐면, 누가 뭐래도 나는 남과 다를 수밖에 없기 때문이다. 한 사람 한 사람 개별적인 존재로 태어난 우리는 그래서 가급적 내가 나 자신과 불화하지 않고 살 수 있도록 스스로의 삶을 각별하게 보살피고 조율해야만 한다. 그래야 자신이 놓은 덫 때문에 불행해지는 것을 피하고, 가능한 한 자유로워질 수 있다. 세간에서 흔하게 거론되는 '나다움'은 결코 쉽지가 않다. 오랜 시간과 노력을 들여, 생각과 실천을

부단히 반복하며, 더듬더듬 걸어가야 하는 좁은 길이다.

나 자신과 위화감 없이, 충족된 삶을 살아갈 수 있을까.
일과 생활을 자연스럽게 잇는 선택을 내릴 수 있을까.

자신에게 가장 솔직한 답을 찾아가는 데 이 책이 도움
이 된다면 기쁘겠다.

2023년 초여름

임경선

차례

책머리에 6

나이를 잊고 살 수 있을까 15
묻고 답하기 51

작가로 생존할 수 있을까 71
묻고 답하기 123

삶의 선택은 어떻게 이루어지는가 141
묻고 답하기 175

나는 예전보다 더욱 나다워졌고
그것은 내게 충만한 기분을 안겨주었다.

나이를 잊고 살 수 있을까

1

우리는 나이를 잊고 살 수 있을까? 그동안 참 다양한 주제에 대해서 글을 써왔지만 나이 듦에 대한 글은 일부러 피해온 감이 있다. 그사이 차곡차곡 나이가 들어왔음에도 불구하고 말이다. 가장 큰 이유는 그로 인해 내 나이가 들통나는 게 싫었기 때문이다(대중을 상대로 하는 직업에서 젊음은 큰 자산이다). 또한 사람들이 나이에 관해 가장 궁금해하는 지점은 '잘' 나이가 들려면 어떻게 해야 하는가, 멋있게 나이 드는 건 가능한가 같은 것인데, 나는 원래 멋있던 사람이 나이 들어서도 대개는 멋있고, 원래 괜찮았던 사람이 나이 들어서도 대개는 괜찮다는 다소 힘 빠지는 견해를 근본적으로 가지고 있었기 때문이다.

나이 듦이라는 주제가 매력적으로 느껴지지 않았던 것은 이 주제가 미디어에서 다소 '납작하게' 소비되는 인상을 받아서이기도 하다. 그것은 두 가지 방향인데 하나는 '우린 아직 청춘이야! 아직 죽지 않았어!' 같은 '회춘형' 메시지이다. 이런 메시지의 특성은 힘이 실리면 실릴수록 젊음이 도리어 멀어 보인다는 것이다. 그뿐만 아니라 그런 메시지를 외치면서 뒤로는 청춘을 돌려준다며

약을 판다. 이 방향의 반대편엔 '우리 이글이글하고 추하게 늙지 말고, 원숙한 아름다움으로 지혜롭게 나이 들어가자'와 같은 '목가적' 메시지가 있다. 그러나 이렇게 고상한 제스처를 취하면서까지 자기 성찰을 해야 하는지 나는 잘 모르겠다.

나이 듦에 대해 쓰지 않은 이유를 구구절절 나열했지만, 어쩌면 진짜 이유는 이것 하나로 충분할지도 모른다. 나이 들어서 좋은 것은 사실 하.나.도. 없.기. 때.문.이다. 굳이 암울한 이야기를 내가 나서서 쓸 필요가 있나? 나는 기분을 처지게 하고 싶지 않았다.

2

아니다. 다시 훑어보니 나이 듦에 대해 유일하게 딱한 번 쓴 적이 있다. 에세이 『자유로울 것』에 수록된 「마음대로 되는 일은 하나도 없지만」이라는 글이다. 글 제목에는 물론 내 나이를 숨겼다. 독자분들은 아래의 단락을 꽤 많이 필사해왔다.

선입견과 고정관념에 얽매이지 않고

불평하거나 투덜대거나 까탈스럽게 굴지 않고

무의미한 말을 시끄럽게 하지 않고

떼 지어 몰려다니지 않고 나대지 않으면서도

내가 잘하고 좋아하는 일을 가능한 한 계속하는 것.

현재로서는 이것이 내가 나이 듦에서 바라는 모든 것

이다.•

스스로를 돌아봤을 때 내가 아직도 지키고 있는 것은 '떼 지어 몰려다니지 않기'와 '내가 잘하고 좋아하는 일을 계속하기'인 것 같다. 나머지는 장담할 수 없다. 저 글을 썼을 때가 사십대 중반이었는데 나이를 의식은 했지만 '정말로' 의식하지는 않았던 것 같다. 사람들은 자기한테만은 그 일이 일어나지 않을 거라는 근거 없는 확신을 가지곤 하는데 나도 다르지 않았다. 하지만 사십대도 끝자락에 다다르자 의식을 하지 않을 수가 없었다. 게다가 작가는 직업적으로 무척 예민한 사람들이다. 얼마나 예민하냐면 2017년에 저 책이 출간되고 나서 본격적으로 '잘 나이 드는 법'에 대해 쓰자는 출판사들이 많았는데 모조리 거절했고 나를 섭

•   임경선, 『자유로울 것』, 위즈덤하우스, 2017, 241쪽.

외하려던 편집자들은 내 마음속 블랙리스트에 올렸다.

3

배우 윤여정 씨가 한 TV 프로그램에서 나이에 대해 한 유명한 이야기가 있다.

"내가 처음 살아보는 거잖아. 나 67살이 처음이야."

누구에게나 모든 나이는 첫 경험이다. 그러니 낯설고 어쩔 줄을 모르는데, 그러면 우리는 어떻게 할까?

보통은 앞서간 선배들을 지켜본다. 정보를 얻고 안심하고 싶은 것이다. 나는 저 사람처럼 추해지지 말아야지, 저렇게 나이 들 수 있으면 참 좋을 것 같아, 이런 생각을 한다. 아마도 나를 오랜 시간 지켜봐온 독자들도 나를 보면서 그런 생각을 할지도 모르겠다. 임경선 쟤는 언제까지 저 긴 머리 유지하고 다닐까? 달리기하면서 무릎은 안 아픈가? 나도 나보다 나이 많은 주변의 사람들을 저절로 유심히 관찰하게 되는 건 마찬가지다. 내게는 주로 이런 두 유형들이 보였다.

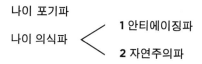

첫째, '나이 포기파'는 나이 드는 것에 대해 포기하는
경우. 그냥 흘러가는 대로 나이를 먹는 셈인데 문제는 이
렇게 가만히 두면 대부분의 사람은 점점 안 좋은 방향으
로 퇴보한다. 나이 듦은 많은 것들의 악화와 쇠퇴를 의미
하기 때문이다. 한마디로 '그냥 늙는 거지 뭐', '어차피 망
한 거……. 배 째라' 같은 마음. 가만히 두면 퇴보하는 것
이 인간이다. 너무 쉽게 퇴보해서 내가 퇴보하는 것조차
도 의식할 겨를이 없다. 뭐 이해는 된다. 몸과 정신이 지
치니 편한 게 최고가 되니까. 하지만 그 편한 것은 종종
자기만 편한 것이겠다.

둘째, '나이 의식파'는 나이 드는 것을 적극적으로 의
식하는 경우. 어떤 방식으로든 나이에 대해서 적극적으
로 대응을 하자는 사람들. 이는 '안티에이징파'와 '자연
주의파'로 또 한 번 나뉜다. 안티에이징파 중에 가장 놀라
운 이는 웨딩드레스 디자이너 베라 왕(74)과 가수 믹 재
거(80)이다. 칠십대인 베라 왕은 그녀가 웨딩드레스 디

자이너로서 대성공을 거둔 사오십대의 모습보다 언뜻 더 젊어 보인다. 그녀의 SNS 사진들을 보면 매일매일이 경이롭다. 물론 사진이니까 진실은 알 수 없지만, 어쨌든 머리와 얼굴, 의상과 라이프스타일 등 모든 것을 이십대처럼 하고 다닌다. 자본의 힘은 정말 대단한 것 같다.

자연주의파는 나이 들면서 세속적인 욕망을 멀리하며 진정성 있는 삶을 추구하고자 한다. 유기농 먹을거리나 제철 음식을 챙겨 먹고 환경에 관심이 많으며 모여서 뭔가를 도모하는 등 공동체를 중시한다. 여성성과 남성성 대신 온화하고 중성적인 '인간성'에 안착한다. 속세의 이익을 추구하기보다 의미 있는 일을 하고자 하며, 건전한 시민으로서 의식과 자각이 있다는 점을 자랑스러워한다. 하지만 때로는 이 모든 것은 경제적 여유가 뒷받침되어야 누릴 수 있는 여유의 가치가 아닐까 싶기도 하다. 마치 한때 일부 사람들에게 '대안학교'가 윤리적 트렌드였던 것처럼.

나는 가만히 이 두 유형을 지켜보면서 안티에이징파도 자연주의파도 각자 다른 의미로 '과하게 나이를 의식하는' 느낌을 받았다. 과연 이게 다일까 생각했다.

4

그러다 세 번째 유형을 발견했다. 그것은 몇 살이 되어도 '나 자신으로 살아가는' 유형이다. 이렇게 말하면 모호하지만 나이 의식파도 아니고 나이 무시파도 아니고 굳이 붙이자면 나이 무의식파라고 할까? 무시하는 것과 의식하지 않는 것은 다르다. 무시하는 것은 현실을 직시하지 않고 아 몰라, 아유 됐어, 라며 눈을 돌리는 느낌이고, 무의식은 그것을 자연스럽게 잊어버리는 어떤 초연한 상태다.

다시 말해서 괜찮은 어른으로 나이 드는 일은 오히려 나이를 의식하지 않고, 연령주의에 휘둘리지 않고 살아가는 거라고 생각했다. 아마도 우리는 그런 사람들을 이렇게 표현할 수도 있을 것이다.

에이지리스Ageless

에이지리스하게 나이 들어가기 위해서는 꾸준히 나 자신으로 살아가야 할 것이다. 그것은 자신의 정체성과 인생을 사는 농도가, 나이가 주는 고정관념을 희석시킬 정도로 충분히 진한 것을 의미한다. 다시 말해, 전형적인 그 나이의 여자나 남자에 대해 우리가 지닌 선입견으로 그 사람을 설명하는 게 아니라 그 사람만이 가지고 있는 개성이나 매력으로 설명이 될 수 있어야 한다. 그 부분이 나이보다 먼저 명징하게 드러나야 하는 것이다.

5

에이지리스한 사람들한테 받는 몇 가지 인상.

첫째는 투명하고 담백한 무드. 나이 들어서도 이런 무드를 가질 수 있다는 것은 내가 가장 귀하게 보는 지점인데, 그게 무척 자연스러운 사람들은 참 매력적이다. 복잡한 상황에서도 자기 힘으로 끝까지 해결책을 생각해내며, 핵심을 파악하는 사람들이다. 혜안을 가진 사람들은 시선도 표정도 맑고 깨끗하다. 나이 들수록 탁한 느낌을 주는 사람이 되고 싶지 않다.

둘째는 자기중심이 서 있다는 것. 타인의 평가에 따라 나 자신에 대해 일희일비하지 않는 것은 너무 중요하다. 나는 나일 뿐 누구의 위도 아래도 아니라는 태도. 그러니까 권위적일 필요가 없고, 비굴할 필요도 없다. 남의 시선에 휘둘리는 것은 마흔 살 즈음에서 끝내야 하지 않을까.

셋째는 자기 연민이 없는 태도. 나이 든 게 죄도 아니지만 벼슬도 아니다. 위축될 것도 으스댈 것도 아니다. 그런 의미에서 한국의 유교적인 효 사상은 여러 사람을 고루 숨 막히게 하는 것 같다. 어르신들은 어쩐지 내가 제대로 대우받지 못하고 있다는 서운함을 느끼고, 자식들은 의무감과 죄책감의 무게에 버거워한다. 그래서 똑같이 어른 대 어른으로 서로 존중하고 사랑하는 것을 방해하는 감이 있다. 그저 공존하면서 서로의 부족한 부분을 도우면 될 터인데. 아무튼 나이가 들었다고 스스로를 하찮고 불쌍히 여기다 보면 그만큼 주변 사람들을 감정노동시킬 공산이 크다.

넷째는 정직함이다. 스스로에게 솔직하고 정직한 삶을 사는 사람이야말로 가장 자유로운 사람이고, 내 견해로는 자유로운 사람이 이 세상에서 제일 충족된 사람이다. 부귀영화를 누린들 자기 자신과 늘 타협해야 하거나 연기하며 살아야 한다면 그 삶을 행복하다고 할 수 있을까? 작가 무라카미 하루키는 자기가 중요하게 여기는 핵심 가치인 '자유'를 일관되게 지켜나가면서 작가로서의 입지를 쌓아 소신 있는 목소리를 내고 있다.

마지막으로 에이지리스한 어른은 수치심이 뭔지를 알고 있다. 무엇이 부끄러운지 아는 분별력, 그에 따라 행동할 수 있는 자제심과 단정함. 이것은 규율과 자기통제가 가능한 이들만이 가질 수 있는 괜찮은 어른의 정말 중요한 덕목이다. 여기서 수치심의 반대말은 뻔뻔함일 것이다.

6

부끄러워할 줄 아는 능력에 대해 이야기해보자.

오하시 아유미, 올해 83세. 일본의 일러스트레이터이자 무라카미 하루키의 '무라카미 라디오' 에세이 시리즈(『저녁 무렵에 면도하기』『채소의 기분, 바다표범의 키스』『샐러드를 좋아하는 사자』)에 들어간 판화를 작업했다. 내여행에세이 『교토에 다녀왔습니다』에서도 이분에 대한글을 쓴 적이 있다. 이십대부터 팔십대까지 오래도록 꾸준히 자신의 일을 해나가고, 새로운 영역의 일로 뻗어나가는 모습이 깊이 인상에 남았다. 그리고 결정적으로 한 구체적인 사안 때문에 이 사람이 '멋있게 나이 들었다'라는 생각을 하게 되었다.

오하시 아유미는 육십대에 직접 기획, 취재, 편집, 사진, 일러스트를 도맡은 계간 라이프스타일 1인 잡지 〈아르네Arne〉를 만들었다.

나는 상큼하면서도 또렷한 그녀만의 개성이 듬뿍 담긴 이 얇은 잡지가 좋아서 나오는 족족 어렵게 사 모으고 있었는데, 어느 날, 2004년 겨울에 발행된 〈아르네〉 제10호를 사 보고 깜짝 놀라고 말았다. 무심코 페이지를 넘기다가 아니 글쎄 내가 가장 좋아하는 작가, 무라카미 하루키의 자택 방

문 인터뷰 기사를 본 것이다. 22쪽부터 장장 열 페이지에 걸쳐서 무라카미 하루키의 오이소 바닷가 앞 주택의 이모저모가 여과 없이 실려 있었다. 거실과 다이닝룸, 작업실(이곳의 작업실은 와세다대학교 무라카미 하루키 라이브러리에 똑같이 재현되어 있다)은 물론, 작가가 즐겨 이용하는 문구 소품이나 러닝용 운동화, 지하층에 차려진 어마어마한 도서 자료실, 자주 다니는 단골 생선 가게, 그리고 그날 밤 작가가 몸소 차려준 소박한 저녁 식사까지……. 프라이버시를 지키고 대중 앞에 모습을 잘 드러내지 않는 무라카미 하루키가 자기 집을 이렇게 활짝 공개한 인터뷰는 아마도 처음이자 마지막일 것이다.

자, 여기서 왜 내가 호들갑을 떠는지 이해가 가지 않을 수도 있다. 무라카미 하루키라는 작가가 일본에서 어

떤 입지냐면, 이 사람이 짧은 글 하나를 기고하거나 이 사람의 인터뷰 하나가 실렸다고 하면, 그게 어떤 문예지든 라이프스타일 잡지든 간에 바로 해당 분야 베스트셀러 1위로 등극한다. 그의 이름이 표지에 들어가는 순간 완판이 보장되는 것이다. 게다가 사생활을 꽁꽁 숨기고 사는 작가의 자택 인터뷰라고? 이것은 '대박 보장'과 동의어인 셈이다. 무라카미 하루키가 자신의 가장 내밀한 공간 취재를 허용한 것만으로도 오하시 아유미를 얼마나 신뢰했는지를 알 수 있다. '마음껏 나를 이용하십시오'라는 관대한 대작가의 제스처에 보통은 얼씨구나 감사합니다, 횡재했다고 생각할 것이다.

그런데,

오하시 아유미는 이토록 대단한 '특종' 인터뷰를 했음에도 불구하고 잡지 표지에 무라카미 하루키의 이름 하나 넣지 않았다. 인터뷰가 수록되었다는 사실에 대해 일언반구도 없었던 것이다. 원체도 따로 광고를 하지 않는 1인 잡지이니, 나처럼 직접 사서 페이지를 들춰보기 전까지는 아무것도 알 수 없다. 이것은 정말이지 대단한 결심이다. 그것은 오하시 아유미가 유일하게 좋아하는 일본인 작가가 무라카미 하루키였다는 점과도 무관하지 않을 것이다. 완판의 기회가 주어졌음에도 그것을 상업적으로 이용하고 싶지 않은 마음. 어떤 성의를 받으면 그보다 더한 성의로 되갚고자 하는 마음. 자택 방문을 허락해준 것만으로도 기쁘고, 취재를 허락한 것만으로도 충분히 감사한 마음에 일부러 알아서 표지에 드러내지 않았던 것이다.

나는 깊고 진실한 상호 존중의 마음이 그 인터뷰에서 느껴져 두 사람의 팬으로서 덩달아 마음이 좋고 숙연해졌다. 반면 무라카미 하루키의 글이나 인터뷰가 들어간 다른 일본 문예지에는 다른 작가들의 이름에 비해 무라카미 하루키란 한자 넉 자가 어찌나 큰 폰트로 쾅 박혀 있던지 민망할 정도였다.

7

나이 들어서 수치심을 잃어버리는 경우는 주로 탐욕 때문인 것 같다.

돈이 많고 적고를 떠나서 항상 거지 근성인 사람들이 있다. 돈이 얼마나 있든 간에 자기는 항상 돈이 없는 사람이다. 항상 (상대적으로) 가난해서 도움을 '받아야 하는' 입장에 안주한다. 이미 많은 걸 가지고 있어도 자신이 약자라는 생각을 너무 당연하게 한다. 거지 근성의 반대는 졸부 근성인데 이들도 부끄럽다. 돈으로 뭐든 해결할 수 있다고 믿고 또 그 실천을 해본 이들. 상대 눈앞에 돈을 살살 흔들면서 이걸로 어떻게 너를 내 마음대로 요리해볼까 궁리한다. 돈의 문제는 진지하고 중요하게 다루어져야 하지만, 돈에 모든 가치를 실어버리면 이제 그 사람은 더 이상 조심하고 부끄러울 게 없어지고 만다.

8

나이 들어 필요한 건 '돈'이라는 말이 있지만 '나 자신으로 잘 나이가 들기 위해서' 필요한 것은 '일'인 것 같다.

1960년생인 줄리앤 무어는 1984년부터 일을 하기 시작해서 39년간 70여 편의 영화를 찍었다.

공백기 없이 작품을 찍었는데, 줄리앤 무어는 영화를 한 편 마치면 나 다시는 연기 못 할 것 같아, 이게 끝이야, 나 이제 끝났나 봐, 이런 불안증에 시달려서 계속 새 작품을 찍게 된다고 한다. 비슷한 시기에 전성기를 누렸던 다른 여자 배우들은 지금 SNS 인플루언서의 삶을 사는 길을 선택한 경우가 자주 보인다. 물론 그게 나쁘다는 것은 아니다. 하지만 이렇게 꾸준히 육십대에도 연기를 해나가는 것은 정말 멋있는 일이라고 생각한다.

앞에서 언급한 오하시 아유미는 지속적으로 커리어에 조금씩 변화를 줬다. 이삼십대에는 일러스트레이터로 활발히 활동하다가 사십대가 되어서는 10여 권의 에세이를 내는 작가로도 일을 했다. 그 후에는 1인 잡지 〈아르네〉를 10년간에 걸쳐 37권 만들고, 그와 병행해서 어른들이 입기 좋은 캐주얼웨어 브랜드 '이오 플러스io plus'를 론칭해서 온오프라인 숍을 열었다. 어른들이 입을 만한 편하면서도 세련된 옷이 없어서 자신이 직접 만들기로 했단다.

독서를 일상적으로 하는 사람이라면 무라카미 하루키가 얼마나 꾸준히 책을 냈는지는 알 것이다. 오전엔 자기 원고를 쓰는 작업을 하고 오후엔 자신이 좋아하는 영미문학 번역 작업을 쉼 없이 해왔다. 내가 작가업을 유지해온 데에는 그의 영향이 컸다. 무라카미 하루키가 만약 중간에 이만큼 썼으면 됐다, 하고 은퇴를 했더라면 어쩌면 나도 중간에 글을 쓰고 책을 내는 일을 멈췄을지도 모른다. 칠십대 초반인데 장편소설을 내고 마라톤 풀코스를 달려서 대단하다는 것이 아니다(그것도 정말 대단하지만). 그는 이미 넘칠 정도의 작품을 발표했고 경제적 자유도 있고 세계적인 명성도 누릴 만큼 누렸다. 그럼에도 불구하고 꾸준히 작품을 낸다는 것은 그 일이 자신의 삶을 충만하게 해주고 나를 보다 나답게 해주기 때문일 것이다.

이런 이야기를 하면 '그 사람들은 예술 하는 사람들 아니냐', '재능 있고 잘나가는 사람들이니까 가능한 것 아니냐'라고 입을 삐죽 내밀 수도 있다. 물론 예술은 나이상으로 은퇴가 없으니까 그렇게 볼 수도 있다. 아니 잠깐, 정말 은퇴가 없을까? 물리적으로 은퇴가 없는 만큼 보장되는 안정도 없다. 작가는 책 안 팔리면 투명 인간 취급받는 잔혹한 직업이고 배우는 감독이 불러주지 않으면 소용이 없다. 일러스트레이터도 주문을 받아 그림을 그린다. 겉으로는 그냥 꾸준히 유지만 하고 있는 것처럼 보여도 그 밑에는 어마어마한 노력이 있는 것이다. 조직에 속한 직장인보다 오히려 더 짧은 시간 안에, 보다 젊은 나이에 팽 당하기 훨씬 쉽다.

9

직장에 다니는 사람은 어쩔 수 없이 어느 정도의 나이가 되면 회사에서 권고사직을 받거나 파리 목숨처럼 중역 자리를 지키게 될 것이다. 오너가 아닌 이상 후자도 필연적으로 언젠가는 그 자리에서 내려오는 수순을 밟는다. 그래서 퇴직과 관련, 그 자리에서 잘 내려가는 것, 잘 놓아주는 것에 대한 이야기가 많다. 하지만 이상과 현실은 달라서 막상 조직 밖의 야인이 되었을 때 사람은 금세 힘이 빠진다. 명함이 없어진다는 것, 당연히 있어야 할 사람들이 주변에 없는 것, 무엇보다도 나의 사회적 쓸모가 없어졌다는 것. 이런 징후들로 자칫하면 내 인생은 끝이라고 생각하면서 사람이 훅 간다. 우리에겐 은은하게라도, 잔잔하게라도 사회적인 일이 필요하다. 비록 내가 더이상 그 무대의 주연이 아니더라도.

주연에서 조연으로 내려가는 것은 어떤 마음일까? 그 심경을 더없이 잘 묘사한 영화가 쥘리에트 비노슈와 크리스틴 스튜어트 주연의 〈클라우즈 오브 실스마리아〉이다. 영화는 주인공 역할만 하던 대배우가 처음으로 조연 역할을 맡으면서 이에 부정하고 저항하다가 끝내는 받아들이는 쓰라리고도 아름다운 일련의 과정을 보여준다. 우리 모두의 인생에서 언젠가는 마주할 수밖에 없는 이야기다.

　　나이가 들면 후배들을 위해서 자리를 비켜줘야 된다는 핑계로 스스로 일을 놔버리는 이들이 있다. 언제까지 해 먹을 거야? 이런 원성이 들리는 것 같고, 뭔가 너무 오래 버티는 것 아닌가 민망해서 도망치듯 그 자리를 빠져나온다. 식물만 보더라도 새싹이 하나 나는데 화분을 큰 것으로 분갈이하지 않는 이상 그 안에서 잘 키우려면 줄기 중에 제일 나이 든 잎을 잘라내야만 한다. 그래야 어린 잎이 쑥쑥 잘 크기 때문이다. 그게 생명의 원리인 것이다.

　　하지만 일은 조금 다른 것 같다. 그렇게 일을 놔버리는 것, 자리를 비켜주는 것이 크게 보면 후배들을 위한 길도, 자신을 위한 길도 아니다. 의자 놀이처럼 숫자가 딱 정해져 있다면 후배들을 위해 비켜주는 게 도리일 수 있지만, 그게 아니라면 나이가 들어서도 여러 가지 활동을 할 수가 있고, 다양한 일을 할 수 있다는 것을 보여주는 예시가 많아져야 오히려 후배들이 향후 활동할 지평을 넓혀줄 수가 있다. 그 때 그토록 활발하게 자기 일을 하던 그 수많은 여자들은 다 어디로 갔을까? 어느 순간 시야에서 사라져 있는 경우가 많다. 우리는 나이가 들어서도 자기가 가치를 보탤 수 있는 영역에서 활발하게 일하고 있는 사람을 더 많이 볼 수 있어야만 한다.

10

다시 에이지리스, 로 돌아오자.

에이지리스한 사람들은 어느 정도 자기 완결된 사람에 가깝다. 이미 자신이 견고한 사람이기 때문에 인간관계에 '목적'을 우선시하지 않는다. 견고한 사람들이기에 사적인 인간관계에서 내가 이해관계를 가지고 누군가와 인맥 맺어서 득을 봐야겠다, 이런 것은 별로 바라지 않는다. 이렇게 목적 지향적인 인간관계를 맺는 대신, 이해관계가 없어도 사소한 얘기부터 깊은 얘기까지 두루 할 수 있는 그런 관계를 차분히 곁에 둔다. 남녀노소는 물론 가리지 않는다. 이때 가장 중요한 조건은 '즐거워야' 한다는 것.

일부러 나보다 젊은 사람들에게 기웃거릴 것도 없고, 나보다 젊은 사람들과 어울릴 때 쓸데없이 비굴해질 필요도 없다. 나이가 더 많으면 죄인인가? 서로의 나이를 잊고 접해도 즐거운 사람들을 주변에 두었으면 한다. 자기 의견을 말할 때 '꼰대처럼 들릴까' 자기검열하는 습관도, 특정 세대는 이럴 거라는 선입견도 버리자. 같은 내용이라도 꼰대처럼 들을 사람은 듣는 것이고, 거기서 뭐라도 건지고 배울 사람은 배워간다. '너 때가 좋을 때다'라면서 젊음을 질투하거나 '요즘 젊은 것들은……'이라며 한심해하지 말았으면. 당신도 한때 무모하고 답답했을 시절이 있었다.

11

몸과 나이.

나이 들면서 쉽게 택하게 되는 노선 중의 하나가 건강에 대한 관심 극대화이다. 그러니까 건강에 좋다는 것 다 찾아다니고 건강을 위해서 하루를 시작하고 끝낸다거나 그런 것. 체력이 약해지니까 건강이 중요한 것은 알겠지만 건강이 다다, 건강이 최고다, 이런 식으로 살고 싶지 않다. 건강을 잃으면 모든 것을 잃는다는 것은 어느 정도 진실이다. 그렇다고 해도 건강이 인생의 목표가 되는 것은 어쩐지 서글프다. 그럼 애초에 건강에 한계를 가진 사람들은 어쩌란 말인가. 그 사람들은 영원히 '미달'의 자책감에 시달려야 하는가? 건강은 어디까지나 개별적 수단이었으면 한다. 나는 스무 살부터 지금까지 몸이 아픈 상태를 징글징글하게 경험했는데도 이런 생각을 한다. 아니 몸이 아픈 적이 있으니까 그런 생각을 하는 것일 수 있다. 가능하다면 건강에서 만족하고 끝내지 않았으면 좋겠다.

12

여자의 나이 듦은 목주름 따위에서 오는 것이 아니다. 나이 듦은 성별의 육체적 특징에서 가장 또렷하게 표현되는 것 같다. 남자가 발기력이 예전만 하지 않다면서 나이를 통감한다면, 여자는 자궁의 변화에서 나이를 느낀다. 대략 사십대 중후반부터 생리 패턴에 변화가 온다. 여자들에게 생리는 일상이기 때문에 그 무엇보다도 맨 먼저 자각을 할 수밖에 없다. 생리 양이 갑자기 줄어들거나 늘어날 수 있고 근종이나 선근증, 내막증식증 등 그 아기 주먹만 한 기관이 요란하고 변덕스럽게 목소리를 내기 시작한다.

하지만 세상 사람들은 보통 생리가 끊기는 폐경과 그에 따르는 현상에만 관심을 둔다. 실은 폐경으로 가기 전에도 여러 우여곡절이 있다는 것을 우리는 모른다. 왜냐하면 직접 겪기 전엔 보통 다들 겉으로 이야기를 하지 않기 때문이다. 여자의 인생을 폐경 전과 폐경 후로 나누는 것도 마뜩지 않고 폐경 후의 건강관리를 하나의 거대한 프로젝트처럼 바라보는 관점도 정이 가지 않는다. "그래도 우리는 신나게 살 거야!"라는 듯한 중년 여성의 갱년기 응원 광고를 보노라면 전혀 신나 보이지 않는다. 아니 오히려 '행복한 요양병원'처럼 불필요한 공포를 조성한다.

13

나이와 감정.

나이가 들면 마음이 흔들리거나 설레거나 떨리거나 감동할 일이 점점 없어질까? 나는 그렇지 않다고 생각한다. 혹자는 체력이 받쳐주지 않아서 감정적으로 휘둘리지 않도록 스스로를 자제하려고 한다. 감정이 요동치는 것은 많은 경우 체력 소모를 동반하니까. 살고 경험한 만큼 감정을 절제하는 방법을 조금 터득하긴 하는 것 같다.

적어도 십대 청춘처럼 앞만 보고 질주하는 일은 없겠지. 하지만 자연스럽게 느끼는 감정을 주책이라고 타박하면서 싹을 죽이지는 않았으면 좋겠다.

내가 글을 쓰는 이유는 사람들에게 복잡한 감정을 느끼게 만들고 싶어서이다. 이게 맞는 길이야, 라고 답을 주면서 훈계를 할 생각이 없다는 것만은 확실하다. 내가 그럴 수 있는 입장이 아니니까. 나는 인간의 복잡성과 모순성이 지극히 인간답고 아름답다고 생각하기에 사람들의 그런 마음을 세심하고 깊게 이해하고 싶고, 그에 대한 이야기를 하고 싶을 뿐이다. 세상과 인간을 납작하게 보지 말 것. 겉으로 보이는 것이 다가 아니라 그 밑에 여러 겹의 다른 모습들이 존재한다는 것을 잊지 말 것. 나 역시도 감정을 생생하게 느끼면서 살아가고 싶다. 어쩌면 그러려고 글을 쓰는 것일지도.

14

나이를 먹으면 좋은 점이 별로 없지만 굳이 하나를 꼽으라고 한다면 '자기 자신을 알기에 믿고 놔줄 수 있는 것'이라고 할 수 있겠다. 어렸을 때보다는 말하고 행동하는 것에 대해서 조금 더 자연스럽고 거리낌이 없다. 뻔뻔하게 내키는 대로 다 해도 누가 뭐라 그럴 거야? 하는 게 아니고, 나의 한계와 가능성을 어느 정도 감지하게 되니까 그 안에서 편하게 나 자신을 방목해도 된다는 안도감이 있는 것 같다. 이십대 때는 이게 도대체 어디로 가는 거지, 라며 불안해하지만 지금은 전반적으로 관점이 세팅이 되다 보니까 그런 부분에서는 자기 의심이 덜하다. 자기 객관화를 예전보다 잘하게 되었고, 스스로를 통제할 수 있다는 자신감에서 오는 자유로움이 있다. 아이러니하게 들릴지 모르지만 자신을 제어할 수 있어서 인간은 자유로워진다.

나는 기본적으로 좋아하는 것들은 사는 내내 계속 좋아했던 것 같다. 어떤 특정 감정들, 어떤 삶의 방식, 어떤 결과 톤. 새로운 사람들을 만나 자극을 받을 때가 있기는 하지만 그로 인해 크게 영향받지는 않았다. 나는 뼛속 깊이 개인주의자인데, 개인주의자의 특성상 큰 과업을 이루지는 못하겠지만 이미 어쩔 수 없이 그런 사람이라, 그 안에서 내가 할 수 있는 것을 하며 인생을 살아간다. 어떤 고통이 닥치고 어떤 상황이 발생해도, 내 방식으로 버티거나 스스로를 통제할 뿐이다.

15

　모든 나이에는 그때만의 희로애락이 있지만 돌아보니 가장 좋았던 나이는 십대였다. 잦은 이사와 전학으로 고통스러웠지만 그럼에도 가장 감수성을 풍부하게 키워준, 굉장히 아름다운 시절을 보냈던 것 같다.

　"십대 때 하는 사랑이야말로 진짜 사랑이야"라는 말을 남긴 우리 엄마는 진짜 멋졌는데, 정말 십대 때만 느낄 수 있는 어떤 감정의 극한치라는 게 있는 듯하다. 솔직히 십대 무렵의 정서나 마음이 아직도 나를 지배하는 것 같다. 그 시절에 읽었던 책들, 들었던 음악들, 그러면서 그때 느꼈던 감정이 현재의 나를 전부 이루고 있다. 나는 그때 쌓은 자양분으로 지금 이 일을 하는 것 같다. 어디 가서 이런 소리를 하면 핀잔을 들을지도 모르겠지만 전혀 부끄럽지 않다.

　두 번째로 좋았던 나이대는 사십대였다. 서른아홉 살의 마지막 밤에 느꼈던 암담함을 떠올려보면 어이가 없을 지경이다. 그리고 지금도 썩 괜찮다.

16

자, 다시 처음 질문으로 돌아가보자. 나이를 잊고 살수 있을까? 나이를 잊으려고 해도 나이를 의식하지 않을 수 없는 순간은 온다. 하지만 그것을 내가 문제로 생각할지 안 할지, 얼마만큼 중요한 문제로 생각할지는 '내'가 결정할 수 있다. 그것에 얼마나 영향을 받을지 혹은 휘둘릴지도 나의 선택이다.

내가 그 문제를 우선순위에 두지 않기 위해서는 어떻게 해야 하는가? 나이 들어가는 문제보다 내가 더 마음을 둘 열정의 대상—여러 가지가 있겠지만 그래도 '일'이가장 항상성 면에서 우수한 것 같다—을 가질 수 있다면 좋겠다. 그것은 자아의 견고함 정도와 나다운 삶을 꾸려가는 정도가, 결코 나이 들어가는 속도에 지지 않는다는 것을 의미한다. 내 인생에서 '나이'가 아닌 '나라는 사람'이 더 짙어지는 것이다.

내가 그것을 얼마나 중요한 문제로 간주하는지가 상황을 결정지을 것 같아서 아예 생각부터 하지 않으려고 했다. 남들이 '문제'라고 해도 내가 문제라고 인정하지 않는 것들이 내 인생의 시간과 마음의 전용면적을 많이 차지하는 것이 싫었다. (…) 이 세상의 모든 것들에 신경을 쓸 수가 없으니 우리는 그 안에서 우선순위를 정하고 그 과정에서 (필요하다면 조금 미안해하며) 선을 그어야만 한다.•

39에서 40세 생일로 넘어가던 밤을 기억한다. 트위터에서 족히 500명한테 생일 축하를 받았다. 당시엔 아이가 한창 손 가는 네 살인 데다가 저술업 초년기라서 '나이'라는 개념보다 '시간'이라는 개념에 얽매여 정신이 없을 때였다. 그래서 앞 숫자가 바뀌는 일에 상대적으로 무감했는데, 너무 많은 사람들이 애를 쓰며 축하를 해주자 문득 소름이 끼치면서 아, 나는 이제 망한 거구나 싶었다. 예상과 달리 나는 망하지 않았다. 인생은 계속 이어졌고 나의 사십대는 삼십대보다 다채로웠다. 나는 예전보다 더욱 나다워졌고 그것은 내게 충만한 기분을 안겨주었다.

언젠가 네 살 연상의 지혜로운 법학자 남자 사람 친구에게 '나이 듦'에 대해 써보면 어떨까 물은 적이 있다. 매사에 신중한 그는 1초도 안 되어 문자메시지로 즉답했다.

•   임경선, 『평범한 결혼생활』, 토스트, 2021, 109쪽.

"샘, 미쳤어요? 그러지 마세요. 실제 나이보다 젊어 보이는데 뭐 하러 티 냅니까. 거짓말을 할 필요는 없지만 굳이 드러낼 필요는 없죠. 샘한테만 손해임!"

하지만 나는 누가 하지 말라고 하면 또 해버리고 마는 청개구리라 이렇게 또 쓴다.

6세. 일본 요코하마에서.
당시 살던 아파트의 공터는 여름이면
마거리트 꽃밭이 되었다.

1세. 돌 사진.
삼 남매 중 막내라서 돌잔치는
하지 않았다. 이날 허바허바 사진관에서
사진 찍혔을 때의 기억이 나는데,
그건 불가능하다고 주변에서 일갈한다.

16세. 일본 오사카 고등학교 졸업사진.
옆에 서 있는 친구는 30여 년이
지난 지금도 변함없이 가장 친한
남자 친구이다.

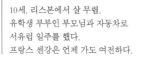

10세. 리스본에서 살 무렵.
유학생 부부인 부모님과 자동차로
서유럽 일주를 했다.
프랑스 센강은 언제 가도 여전하다.

29세.
파리로 떠난 신혼여행에서.
이 사진을 찍어준 남자와 세상에,
아직도 같이 살고 있다.

20세.
대학교 4학년 여름방학 때 모습.
이때만 해도 당연히 학자의
길을 걸을 거라고 순진하게 생각했다.

38세.
육아하느라 정신이 혼미할 무렵.
자장면 소스로 아이 콧수염도
그려주곤 했다.

그리고 요즈음.
사흘에 한 번꼴로 달리기를 한 지
어언 4년째. 그사이 정말 많은
일들이 있었지만 그럼에도 불구하고
힘이 닿는 한, 힘차게 달리고 싶다.

48세.
월간 〈채널예스〉에 실렸던
인터뷰 사진.
나이가 이쯤부터 의식되기 시작했다.

묻고 답하기

생리에 대해 말하기

여자의 생리에 대해 말하는 것을 좋아하지 않는다고 들었던 것 같은데, 오늘 강연에서 공개적으로 말한 이유는?

맞다. 나는 여자 속옷을 있는 그대로 말하지도 쓰지도 못하는, 희한한 지점에서 '샤이'한 사람이다. 동시에 소설을 쓸 때는 맨날 '어떻게 하면 이번 정사 장면 미치도록 야하게 써볼까'를 궁리하는 앞뒤가 참 안 맞는 사람이다. 내가 세대 차이를 가장 느끼는 지점은, 요즘 이삼십대들은 '나 오늘 생리한다'는 사실을 공공연히 말하거나 '내 가슴 속옷 사이즈가 ○○이야'라고 밝히거나 심지어 그것을 착용한 사진을 공개적으로 올리기도 한다는 것이다. 나는 생리 중인 사실이나 가슴 크기를 숨겨야 하는 이십대를 보낸 것 같으니까.

여자의 생리현상에 대해 말하는 것을 원래 좋아하지 않는데 오늘 이렇게 얘기하는 이유는, 사십대 중반부터 싫든 좋든 생리와 자궁을 의식하지 않을 수 없게 되기 때문이다.

자궁은 무척 복잡하고 손이 많이 가는 장기인 것 같다. 여자의 몸이 여러 면에서 대단하고 놀랍다는 것을 이 장기를 통해 알게 된다. 생리나 자궁 이슈는 여성의 몸과 건강에 평생 빼놓을 수 없다는 것을 개인적 경험을 통해서도 여실히 느꼈다. 산부인과도 빈번하게 다니게 되면서 이러한 이야기를 하는 데 대해서 부끄러움이 많이 없어졌다. 최근작인 소설집 『호텔 이야기』 중 단편 「호텔에서 한 달 살기」로 자궁내막증식증과 생리 과다로 고생하는 사십대 여성 영화감독 이야기를 쓰기도 했다.

나이가 들면 감정이
사라질까

나이가 들면 감정이 저절로 메말라가는 걸 기정사실로 받아들여야 할지 고민이다.

나이가 들면 감정을 잘 느끼지 못하거나 억누르기도 하는데 그러지 않았으면 좋겠다. 기정사실로 받아들이는 것에 대해 마음의 흔들림이 있어서 이런 질문을 하는 것일 텐데, 정말로 감정이 메말랐다면 이런 질문조차 하지 않고 변한 자신에 이미 적응한 상태일 것이다.

감정이 메말라간다면 그것은 호기심과 체력을 잃어서 '심신의 안전'만을 구하게 된 상태일 것이다. 새로운 모험을 하는 것은 위험하니까 일상의 동선을 제한하고, 나를 상처 입히지 않을 사람들만을 만난다. 독서와 예술은 시간 낭비 혹은 사치라고 생각해서 멀리한다. 가장 명징한 감정 메마름의 상징은, 내가 내 인생의 주인공이 되는 것을 포기하고 다른 사람들의 인생을 엿보면서 그들 인생의 희로애락으로 대리만족하는 것이다. '나이가 들면 감정이 메말라간다'라는 세간에 떠도는 말은 일말의 진실을 담고 있지만 그에 부합할 이유는 없다. 마음 가는 대로 내버려두었으면 좋겠다. 두려울 게 뭐가 있을까.

갈등과 불통

이십대 독자이다. 나이에 상관없이 내 이익만 주장하다 갈등이 해결되지 않는 상황도 많이 보는데 그럴 때도 개인이 제일 중요한 것인지 궁금하다.

인간은 다 다르고 서로 내 맘 같지가 않다. 그래서 우

리는 대화를 하는 것이고, 가능한 한 그 대화를 정교하게
하려고 애쓰는 것이다.

　　가장 난감한 것은 갈등을 겪게 되면 '저 사람은 나
랑 안 맞아. 내가 무슨 말을 해도 이해하지 못할 거야'라
고 쉽게 예단한 후, 해결되지 않은 감정은 온라인으로 풀
어 나와 아무런 관계를 맺어본 적도 없는 사람들의 공감
을 얻고 적당한 만족감을 느끼며 끝내는 것이다. 나는 이
런 처리법이 좋아 보이지 않는다. 그럴 만한 의미가 있는
갈등이라면 가급적 정면으로 대처할 수 있는 의지와 끈
기가 있었으면 한다. 그 결과, 오해를 풀거나 완전히 갈라
설 수도 있다고 해도. 그 과정에서 눈물과 상처 입히는 말
들이 오갈 수 있다고 해도. 혹은 지금은 타이밍이 좋지 않
다 싶으면 잠시 시간을 두고 '식혔다가' 나중에 이야기할
수 있다. '이 사람하고는 여기까지고 더 이상은 말이 안
통해'라고 생각하기까지 그래도 기회를 충분히 주었으면
좋겠다.

　　상대와 정면으로 마주하는 것을 회피하려는 것은 내
감정이 제일 소중하고 내 자존감이 제일 소중하기 때문
에 내가 다치면 안 되니까 전전긍긍하는 것일 텐데, 사실

그것은 자기를 보호하는 것을 넘어 스스로를 점점 더 약한 사람으로 만드는 것이다. 자신에게 껍질 같은 것을 씌워놓고서 감정적으로 안전할 것만 추구하면 인생을 얕게 사는 습관이 생기는 것 같다.

'개인이 가장 중요한지'라는 질문은 항간에 많이 나오는 '내가 가장 중요하다', '나를 사랑하자'라는 자존감을 위한 논리와 맞닿아 있는 것 같다. 그것은 많은 부분 타당한 지점들이 있으나 '타인의 입장이 되어보는 일'은 내가 손해 보는 일이 아니라 내가 조금 더 나은 인간이 되려고 애쓰는 일이라고 생각한다. 상대의 마음을 상상해보는 일이 결과적으로 갈등을 풀어주는 계기가 되기도 한다.

자식과 대화할 때
자기검열

이십대 딸들과 대화할 때 나도 모르게 자체 검열을 하게 된다. 그래서 대화하다가 납득할 수 없는 부분이나 인정하고 싶지 않은 부분이 있어도 '너희들 말이 맞아', '나는 그걸 잘 이해하는 엄마야'라며 넘어간다.

과연 이게 좋은 것인가?

나는 세대 간에 일부러 반목과 갈등을 조장하는 움직임은 좋아하지 않지만 세대 차이는 자연스럽게 존재한다고 생각한다. 환경이 바뀌기 때문에 세대 간 인식 차이가 생기는 것은 인간이 자연스럽게 환경에 적응하고 생존해나가기 위한 기술인 것이다.

딸과도 세대 차이를 느끼는 지점이 있겠지만 대개 부모는 자식한테 사랑받고 싶기 때문에 말을 편하게 못하고 자기검열하는 거라고 생각한다. 나는 기본적으로 아이들이 스스로를 객관적으로 아주 위험한 상황에 노출시키거나 남한테 해를 끼치고 있는 게 아닌 이상 사사건건 그건 아니야, 하면 안 되는 거야, 라고 개입할 필요가 없다고 생각한다. 보호해주고 싶겠지만 직접 겪어야 알게 되는 것들도 있으니까. 정말 이건 아니야, 하는 것에 대해서는 절로 자기검열을 하지 않고 말을 건넬 것이다. 세대 차이라기보다 부모는 필연적으로 자식한테 지는 것이고 그건 사랑하기 때문이라고 생각한다.

'언니'라는 포지셔닝

삼십대 후반인 나는 이제 어느 그룹에 가도 '언니'의
위치가 되어 있다. 그래서 내가 왠지 밥을 사야 될 것
같고, 너무 가까이 다가가면 싫어할 것 같다. 이렇게
스스로 만든 선입견에 혼란을 겪고 있는데, 언니로서
취해야 하는 행동에 대해 어떻게 생각하는지.

아는 사람은 알지만 나는 언니 소리 듣는 거 별로 안
좋아한다. '누구 맘대로 언니야?' 이런 생각을 한다. 그래
서 내가 그들보다 먼저 태어났다는 이유만으로 잘해줘야
된다고 생각하지 않는다. 그냥 내가 잘해주고 싶은 연하
들한테만 잘해준다.

다만 이건 있다. 내가 연장자고 연하의 그들을 좋아
하고 경제적으로 여유가 더 있으면 돈은 내가 써야 한다
고 생각한다. 밥도 맛있는 걸로 많이 사주면 된다. 그것은
하나의 기쁨이다. 내가 너무 가까이 다가가면 치댄다고
싫어한다? 끼워달라고 구걸하는 것 같다? 그보다는 내가
그들에게 진심으로 가까이 다가가고 싶은지, 그들과 함
께하고 싶은지에 대해 정직해지자. 어쩐지 나보다 젊은

사람들한테 '받아들여져야 한다'라는 명제에 사로잡혀 있는 것은 아닌지?

만약 나이 차 때문에 그룹에서 소외감을 느낀다면 그건 어쩔 수가 없다. 나이 차로 인한 소외감은 아마도 어느 위치에서든 느낄 것이다. 나도 내심 원하지 않고 상대도 원하지 않는데 무리해서 끼워달라고 할 건 아닌 것 같다. '언니'라는 호칭으로 만만하게 착취하는 대상이 되어주는 것만큼은 노 땡큐. 좋아한다면 너그럽게 베풀면 되고.

나다움을 위해 하는
개인적인 것들

강연에서 말한 것 말고, 작가님이 나이와 상관없이, 나다움을 유지하기 위해서 하는 개인적인 것들이 있는지. 가령 특정한 장소에 간다든가.

나는 이미 내 자아의 색깔이 너무 짙은 것 같다. 너무 짙어서 어떨 때는 과한 것 같다. 잘났다는 의미가 아니라 호불호가 강하다는 의미이다. 그래서 변화의 여지에 인색한 게 나의 아킬레스건이 되는 것 같다. 지금은 자기 자신에 대해 많이 아는 것 같고, 많이 간추려져서 나다움을 유지하기 위해 따로 의식적으로 해야 하는 일은 없다. 하지만 혼자 달리기를 할 때, 내가 나를 온전히 감당하고 있다는 감각을 가장 강하게 느낀다.

모든 일에 무덤덤해질 때

나이가 들면서 흥도 떨어지고 모든 일에 무덤덤해지는 느낌이 드는데 이를 어떻게 받아들이고 극복해야 할지.

나는 어렸을 때부터 흥도 없고 무덤덤했던 아이라 나이에 따라 그런 측면의 변화가 크게 없는 편이다. 지금도 참 흥 없다. 보통 나이가 들면 시간이 휙휙 흘러가는 느낌이라고들 하는데 그것은 새로운 경험을 할 기회가 점점 적어지고 반복되는 일상을 살기 때문이다. 환희와 놀라움이 끼어들 틈이 없는 것이다. 해봤던 즐거움, 이미 아는 맛, 자세히 뜯어보면 거기서 거기인 사람들처럼.

일단 인생의 모든 국면에서 '극복'이라는 단어는 존재하지 않는다. 나이가 들며 삶의 변화를 받아들이는 것은 생물학적으로 그렇게 프로그래밍되어 있기 때문에(체력이 약해지니 그에 따라 행동 범주를 줄인다든가) 충분히 받아들일 만하다. 하지만 나는 '사는 게 거기서 거기지', '사는 건 원래 다 그래' 같은 말을 좋아하지 않는다. 사는 건 원래 다 그렇지 않다. 그것을 거부하고자 하는 마음이 조금이라도 있다면 쉽게 흥이 떨어지거나 무덤덤해지지 않는 영역에 자신의 에너지를 집중적으로 투자하는 게 옳을 것이다. 나는 그것이 가장 확실한 영역은 오로지 내 재능을 활용하고 경제적 보상을 얻을 수 있는 '일'이라고 생각한다.

사심 없는 인간관계

나이가 들수록 인간관계가 좁아신나고 하는네 인간관계를 유지하기 위해 특별히 노력을 하시는 게 있는지? 친해지고 싶은 사람이 생기면 어떤 마음가짐이나 자세로 다가가는지 궁금하다.

사적인 관계에서 내가 유념하는 것은 '이해관계'를 따지지 않는 것이다. 어른이 되어서 만나면, 아니 어렸을 때 만났어도 어른이 되면 나에게 '구체적으로' 도움이 될 만한 사람을 골라서 친해지려고 하는 경우를 본다. 구체적으로 이야기하자면 경제적으로 유복한 사람에겐 돈을 노리고 다가오는 사람들, 권력을 가진 사람에겐 특혜를 바라고 줄을 서는 사람들, 유명한 사람에겐 유명세 덕을 보고 싶어 치근대는 사람들 등 자신의 이익을 위해 본능적으로 움직이는 모양새를 많이 보게 된다(정확히는 냄새로 안다).

　　나는…… 타인이 나한테 뭘 해주길 바라지 않는다. 그냥 그 사람의 존재가 매력적이어서 같이 있으면 재미있는 것. 그게 내가 바라는 다다. 그 호감에는 나이도, 사회적 지위도, 성별도 관련이 없다. 나는 글을 쓰며 혼자 있는 시간을 참 좋아하는데(내가 나와 지내는 시간이다), 최소한 그 시간보다는 재미가 있어야 타인에게 내 아까운 작업 시간을 할애할 것 같다. 또한 SNS에서 '나는 이런 사람들과 놀아'를 익명의 사람들에게 증명해 보이는 게 더 우선인 듯한 사교 사진들을 많이 봐서 그런지, 굳이 누구한테 알리거나 자랑하지 않아도 되는 관계를 가지고

싶다. 인증 사진을 올리지 않아도 서운해하지 않을 사람
이 좋고. 우리가 서로를 좋아하면 그것으로 이미 모든 것
은 충족된 것 아닌가.

좋아하는 사람한테 어떻게 다가가는지는 나도 잘
모른다. 좋아하는 동시에 이미 다가가버리니까. 사람의
호불호에 대해 까다롭지만 한번 누군가가 좋아지면 좋
아하는 티를 많이 내고, 그 사람에겐 바보처럼 자발적
호구가 된다.

사소한 것에서
나이를 느낄 때

나름 나이를 의식하지 않고 살아오고 있다고 생각을
했는데, 되게 사소한 것에 우울감이 몰려올 때가 있
다. 가령 새치가 많아진 걸 보거나 예전보다 팔자 주
름이 짙어진 걸 발견할 때 '나 지금까지 뭐하고 살았
지? 아무것도 해놓은 게 없는데' 같은 기분이 들어 우
울하다.

새치가 보이면 염색하고 팔자 주름이 거슬리면 보톡스를 맞으면 되는 것 아닌가. 그게 너무 신경 쓰여서 답이 없는, 혹은 답이 있어도 비극적인 답 말고는 나올 것이 없는 실존적 질문까지 이어져서 너무 괴롭다면 반창고 붙이듯이 잠시 가려주어도 될 것 같다. 왜냐하면 한번 의식하기 시작하면 그것만 신경 쓰이기 때문이다. 거울 속에 비친 자기 모습이 싫어지면 곤란하지 않겠는가. 매일 보고 함께 살아가야 할 터인데.

여유로운 태도의 비결

『평범한 결혼생활』 등 여러 저서들을 읽으면서 어떤
상황에서도 여유로운 태도를 유지한다고 느꼈는데
비결이 있는지.

일상에서는 굉장히 급하고 안달복달하는 성격이다. 그러나 글을 쓸 때는 몇 번을 더 차분하게 수정하다 보니 여유로워 보이는 것 같다. 한편, 사소한 일들에 성격이 급한 것과는 반대로 오히려 큰일들에 대해서는 초연하고 서늘하게 관조하는 측면이 있다. 뭐랄까 무슨 일이 벌어져도 받아들일 수 있을 것 같은 느낌? 나는 이것이 20년 넘게 지병이 있는 점과 양가 부모님 네 분의 '병사'를 다 겪었기 때문이라고 생각한다. 그것도 네 분 중 세 분을 3년 연이어서 보내드리다 보니 그 이후로는 세상의 그 어떤 것도 놀랍지 않다. 그 무렵 인간의 추함과 비루함, 숭고함 등을 두루 보게 되었고 인간에 대해서는 이해 못 할 게 없겠구나 싶은 쓸쓸한 마음이 일었다. 하지만 그런 현실적 비관주의가 바탕에 깔려 있기 때문에 도리어 기쁘고 의미가 있는 일을 하면서 하루하루 잘 살아가야겠다는 다짐도 생겼다.

불안을 다루는 방식

불안을 어떻게 다루시는지 궁금하다. 가령 청중 앞에 서기 전 긴장감 같은 것을 어떻게 관리하는지.

불안이라는 것은 내가 그것을 잘해낼 수 있을까에 대한 자기 의심인데, 그 의심을 최소화하기 위해서는 실질적인 준비를 많이 해야 한다. 다시 말해 청중 앞에 서기 전에는 강연 준비를 가급적 많이 하면 된다. 강연 준비를 제대로 한다면 '내가 얘기하려는 것에 대해 나 자신이 정말로 확신하는가?'에 대답할 수 있다. 스스로 납득하고 있고, 그 이야기를 너무 하고 싶어 미칠 것 같은 느낌. 그런 확실한 감정을 가지고 있을 때 준비가 잘될 것이고, 준비가 잘될수록 불안은 줄어들 것이다. 특정 사안에 대해서 어떻게 해야 불안감을 최소화할 수 있는지는 삼십대 중반 정도를 넘어가면 머리로는 다 알 것이다. 다만 실천을 하는지 여부가 중요할 뿐. 그러지 않고 너무 불안하다고 도망가거나 징징대면 곤란하다. 불안의 궁극적인 치료는 그냥 직면하는 것 말고는 방법이 없다.

시간의 흐름과
배우자의 의미

나이가 들면서 배우자의 의미가 어떻게 달라지는가. 외부 활동을 많이 하는 작가님에겐 배우자가 어떤 의미인지, 버팀목이 되고 있는지 궁금하다.

결혼 연차가 올라갈수록 더 인간적으로 친해지는 것 같다. 그것은 슬픈 일들을 함께 많이 겪어서 그렇다. 또한

『평범한 결혼생활』에서도 썼듯이 여느 부부와 다름없이 우리도 나름의 갈등 요소가 있었다. 그에 대해 싸우고 상처주고 화해하기를 반복하면서 합을 맞추거나 절충하며 균형을 잡는 일에 더 능숙해졌다. 모든 기술이 연마하면 늘듯이.

남편 같은 사람이 곁을 지켜주는 것은 큰 힘이 된다. 주변에 전혀 휘둘리지 않고 일관되게 무던한 사람이다. 속물적이지 않으면서 해맑고 어린아이 같은 부분이 남아 있다. 나처럼 차갑고 냉소적인 사람에겐 이렇게 햇살처럼 밝은 사람이 필요하겠구나 싶기도 하다. 객관적으로 괜찮은 사람이기도 하고. 하지만 누차 얘기했듯이 내 취향의 남자는 아니다. 그래서 내가 놀란다. 이토록 내 취향이 아닌데, 이토록 오래 사는 걸 보면 나름 사랑하기는 사랑하나 보다 하고. 물론 말은 이렇게 해도 세상일은 한 치 앞을 모른다. 관계도 생물처럼 시시각각 변하는 것. 그렇다면 변해가는 모습을 있는 그대로 지켜보고 싶다.

편한 관계와
다소의 긴장감

연기하지 않는 편한 관계가 좋겠지만 때로는 조금 긴
장감 있는 관계도 필요하지 않을지.

물론이다. 자연스럽고 꾸미지 않는 것도 좋지만 때로
는 좋은 의미로 연기를 하는 것도 필요하다고 생각한다.
그래서 중요한 것은 사람이 진실할 필요는 있지만 진실
하기만 하면 안 된다는 것이다. 사람은 '눈치'가 있어야
한다. 나이 들어서 눈치 없는 사람은 그간 남을 배려할 필
요가 없었던 사람일 것이다. 너무 게으르고 오만하다고
생각한다. 눈치라는 것은 내가 어떤 상황을 종합적으로
분석할 수 있는 능력으로, 어른이라면 반드시 갖춰야 한
다. 비굴한 눈치가 아닌 센스 있는 눈치.

작가로 생존할 수 있을까

1

지금은 누구나 손쉽게 책을 쓸 수 있는 시대가 되었다. 나는 이에 대해 좋다 나쁘다 그런 느낌은 없다. 또한 어떤 책이 좋은 책이고 나쁜 책인지에 대한 구분을 하는 것도 조심스럽다. 책의 선호와 좋고 나쁨은 주관의 문제이니까. 다만 한 가지, 책을 읽는 사람보다 자기 책을 쓰려고 하는 사람이 더 많은 분위기를 감지하고 이에 대해서는 그다지 좋은 인상을 받지 못하고 있다. 가령 '7주 만에 책 한 권 써내기' 같은 강좌가 성행하고 책이 단지 자신의 다른 직업에 위엄을 실어주는 훈장이나 명성에 필요한 굿즈처럼 간주되는 풍경은 다소 외면하고 싶다. 나무라는 조물주의 작품을 몹시 사랑하는 나로서는 나무에게 미안하고 싶지 않다.

어쨌든 누구나가 원하면 한 권 정도의 책은 낼 수 있는 시대가 된 것은 확실하다. 한 권의 책은 쉽게는 A4 용지 100장 정도 채울 수 있을 만큼의 할 말이 있다면(요새는 그보다 적은 A4 용지 60장 정도로도 한 권을 만들어낼 수 있지만) 만들어낼 수가 있다. 하지만 두 번째 책을 내거나 저술을 계속하고 싶거나 작가로서 살고 싶다, 그것은 완

전히 다른 차원의 이야기인 것 같다. 또한 '나의 첫 책'을
내는 얘기는 많이들 하는데 계속 이어서 오래오래 책을
쓸 수 있나, 에 대해선 별로 말하지 않는다.

2

먼저 나의 저술업 역사에 대한 이야기부터 하자. 나는
어려서부터 책을 좋아하는 아이였고(도서관에서 한도까지
책을 빌린 후 매일 밤 침대에 엎드려 책을 읽어서 시력을 망쳐
버렸다) 학생 시절에도 책을 많이 읽었지만 작가 지망생은
아니었다. 문과대학을 지망하지도 않았고 대학 졸업 후의
직장 생활도 문학적인 글쓰기와 거리가 있었다. 그나마 근
접하게 갔던 일은 광고대행사에 다니면서 영화사(UIP라는
미국직배사)의 영화 광고를 담당했을 때였을 것이다. 국내
에 들여오는 할리우드 영화의 한국 제목을 직접 짓기도 했
고(내가 지은 〈007 언리미티드〉의 원제는 'The World Is Not
Enough'였다), 카피라이터가 따로 있었지만 신문광고에 들
어갈 광고 카피를 고안하기도 했다. 나는 별일이 없는 한 마
케팅 업무를 하는 직장인으로 계속 살 거라고 막연히 생각
했다. 하지만 인생에서 '별일 없이' 사는 일은 의외로 무척

어려운 일이었다.

내가 저술을 업으로 삼게 된 이유는 회사를 다니다가 네 번째 갑상선암 수술을 받게 되었기 때문이다. 스무 살 때 첫 수술을 받은 이래 세 번째 재발이었다. 그 일이 아니더라도 당시 나는 근무시간 중간에 빠져나가 매일 수액을 맞아야 할 만큼 몸이 좋지 않았다. 신뢰하는 상사가 무조건 회사를 그만두고 몸부터 챙기라고 했다. 수술을 받고 몸을 추스르고 나서도 나는 재취업을 할 수 있는 몸 상태가 아니었다. 회사를 다니면서 부업처럼 하던 일간지 칼럼 연재의 비중이 커지면서 결국 차선책이던 저술업을 본업으로 간주하기 시작했다. 인생은 한 치 앞을 모르기도 하거니와 우연의 일치가 결합해 한 사람의 인생을 전혀 예기치 못한 방향으로 이끌어가기도 한다.

지금 회사를 그만두고 전업 작가가 된 지 18년 차인데 이것을 도표로 정리해보기로 한다.

• 개정판 표지

우선 위의 변천사에서 가장 두드러지는 특징은 아래로 갈수록 표지 디자인이 점점 나아지고 있다는 것이다.

1기는 소위 칼럼니스트로 불리던 시절이었다. 왜냐? 칼럼을 많이 썼기 때문에. 그 당시는 일간지, 주간지, 월간지 등 종이 매체들이 많았다. 그래서 항상 외부 칼럼을 필요로 했고 그때 연재 칼럼을 굉장히 많이 썼다. 일주일에 최소 세 번은 마감하는 식이어서 돌이켜보면 그걸 어떻게 다 했나 싶을 정도다. 하지만 고정 연재 칼럼을 쓰기전에 가혹한 시기도 있었다. 나는 직장인을 12년간 했기때문에 제아무리 가난한 저술업 프리랜서 신인이 되었다고 해도 최소 한 달에 얼마 이상 벌지 않으면 나는 인간도 아니다, 같은 야멸찬 생각을 당시 하고 있었다. 그래서 저술업 초기에는 쓰고 싶지 않은 외주 원고나 기획서 대행 집필 등 돈이 되는 것은 닥치는 대로 해서 매월 수입 최저 마지노선을 채우려고 안간힘을 썼다. 그러니까 글을 쓰기 위해서 글과 관련되지 않은 다른 일들을 미친 듯이 한 것이다. 그나마 고정 연재 칼럼은 내가 주체적으로 쓰고 싶은 것을 쓸 수 있는 귀한 지면이었다.

당시 내 신문 칼럼 중 인상적인 부분은 상담 칼럼을 썼다는 사실이다. 영자신문에 실리던 상담 칼럼인 〈Dear Abby〉나 〈Ann Landers〉를 대학 시절에 재미있게 읽은 기억은 있지만 그래도 남에게 별로 관심이 없는데 왜 굳이 그랬냐 하면 생활비를 벌어야 했기 때문이다. 상담 칼럼의 최고의 미덕은 상담 사연을 독자들이 보내주기에 소재가 끊이지 않는다는 점이다. '이번엔 뭘 쓰지?'를 고민하지 않아도 되는 것이다. 오래 쓰고 싶고 도중에 잘리고 싶지 않아 시작한 상담 칼럼은 〈메트로〉에만 10년을 썼고(원고료를 다 합산해보니 1억 원이 넘었다) 〈한겨레신문〉에 3년 가까이 썼다.

전략적으로 칼럼 콘셉트를 잡았고 독자들이 즐겁게

읽어주었고 나도 하면서 그럭저럭 즐거웠지만, 한편으로는 종종 '상담가'로 소개될 때마다 그것이 너무 싫었던 기억이 난다. 내가 무슨 상담가야? 상담 '전문가'들은 따로 있고 나는 오로지 매체를 통해서 어떤 사안에 대한 지극히 주관적인 의견을 이야기하는 것뿐이라고, 내 말을 곧이곧대로 믿지 말라는 식으로 끊임없이 주입시켰다. 내가 하는 일의 포커스가 '상담'으로 설명되는 일은 어쩐지 민망했다. 하지만 지금 돌이켜보면 당시에 상담을 통해서 만났던 독자들과 어떤 친밀감이 형성이 되어서 그분들이 내 독자 기반을 굳건히 다져준 면은 있었겠다 싶다. 뭐든지 열심히 해두면 나쁘지는 않구나, 라는 생각을 한참 후에 하게 되었다.

라디오프로그램 게스트도 어언 6년간에 걸쳐 했다. 나 자신을 알리기보다 답답한 육아에서 잠시나마 벗어나기 위한 핑계로 라디오프로그램 게스트로도 많이 활동했다. 라디오를 듣는 사람들은 대부분 책을 읽는 사람들이기도 했으니 라디오는 책을 알리기에도 유용한 매체였다. 매일 앉아서 과묵하게 노트북을 노려보거나 아이를 상대로 말을 하다 보면 때로는 또래 '어른'들과 '어른의 이야기'라는 게 하고 싶은 법이다. 마지막으로 고정 게

스트를 했던 라디오프로그램은 KBS FM 〈유희열의 라디오천국〉이었는데 첫 방송인 2008년부터 마지막 방송인 2011년까지 함께했다. 당시엔 진짜 아무 생각 없이 방송에 임했지만 〈라디오천국〉 덕분에 커리어적으로 많은 도움을 받았다(는 것을 나중에야 알게 되었다). 개편에서 잘리지 않고 끝까지 버텨낸 유일한 여자 게스트였는데, 이것도 유희열 DJ를 사랑하는 〈라디오천국〉 여성 청취자들이 같은 여성인 내게 경쟁심이나 위협을 느끼지 않아서 그랬다는 분석을 나중에야 들었다. 기뻐해야 할지 시무룩해야 할지 알 수 없는 얘기지만.

2011년에 첫 소설집 『어떤 날 그녀들이』를 내게 된 계기도 〈라디오천국〉 덕분이었다. 유희열 DJ가 "내년 계획이 뭐예요?"라고 물었는데 얼떨결에 소설에 도전해보고 싶다고 말한 게 시발점이었다. 한번 말을 뱉었으면 그걸 지켜야 한다고 생각하는 나는 이를 악물고 써서 가까스로 출간해줄 출판사를 찾았다. '가까스로'라고 쓴 이유는 문예지나 신춘문예를 통해 등단하지 않고는 (등단을 해도 어려운 측면은 있지만) 이름이 알려진 연예인 정도나 가능할까, 소설을 내주는 출판사를 찾는 일은 당시 무척 어려웠기 때문이다. 우여곡절 끝에 출간한 그 책은 결과적으로 베스트셀러가 되었다. 나는 무척 놀랐고, 시간이 한참 지나 당시 그 책이 베스트셀러가 되었을 때 '대필'이라는 소문이 돌았다는 이야기도 들었다. '아, 그 사건 때문에 말이 와전된 걸 수도 있겠구나'라고 나는 당시의 가슴 아팠던 일을 되새겼다(그 일에 대해서는 뒤에 자세히 나온다). 어쨌거나 첫 소설 출간은 내 저술업 1기 마지막에 물꼬를 한번 확 튼 셈이고, 첫 소설이 잘 팔렸다는 것은 아무 끈도 배경도 없는 내가 다음 소설을 낼 수 있는 티켓이 되어주기도 했다.

3

저술업 2기는 결정적으로 『엄마와 연애할 때』라는 책부터 새로운 흐름이 시작되었다. 이 책은 쉽게 말하면 육아에세이지만, '아이'에 초점을 맞추고 아이를 어떻게 키우자고 하는 이야기가 아닌 '아이를 키우는 나'에 주안점을 둔 책이다. 당시 우연히도 하루 차이로 K출판사에서도 육아에세이를 내자는 제안이 들어왔는데, 라디오에서 시원시원하게 인생 상담을 하는 내 모습이나 1기 때 냈던 책들을 기반으로 한 '똑똑하고 똑 부러지는' 육아서를 써달라는 주문이었다. 반면 당시 마음산책 출판사에서 내게 제안한 것은 K출판사와 가히 결이 정반대인 '불완전하지만 있는 그대로의 엄마'의 부드러운 마음을 써달라는 것이었다.

K출판사의 제안은 내가 가지고 있는 기존의 이미지를 강점으로 생각해 그것을 활용하자는, 어찌 보면 안전한 선택이라고 할 수 있다. 그러나 마음산책 출판사에서 제안한 방향은 내가 그동안 보이지 않았던 '새로운' 모습이었다. 나는 어디에 끌렸을까. 당연히 나의 새로운 가능성을 여는 것에 끌렸다. 작가는 끊임없이 새로운 모습을 드러내고, 자신의 몰랐던 모습을 발견하고, 계속 탈바꿈하고자 하는 욕망이 있다고 생각한다. 『엄마와 연애할 때』를 시작으로 나는 내 안에 있던 조금 더 감정적이고 연한 결을 발견했다. 신랄하고 시원시원한 칼럼형 글을 쓰는 것 이상으로 그런 먹먹하고 애틋한 분위기의 글을 쓰는 것을 좋아하고, 또 그게 가능하다는 것도 알게 되었다. 그런 글들을 원 없이 썼던 게 2기의 5년간이었고 그 사이 책을 쉼 없이 많이 냈다. 이때는 정말 자유롭게 아무런 검열 없이, 지금 생각하면 내가 어떻게 저런 얘기를 막 썼지? 싶을 정도로 기분 좋게 쭉쭉 집필을 이어나갔다.

그때 다행히도 한 편집자랑 오랫동안 작업을 할 수 있어서 다른 것은 일절 걱정하지 않고 쭉쭉 써나갔던 것 같다.

2기의 중간 즈음에는 저술업 인생을 지속시키는 데 큰 역할을 담당한 에세이 『태도에 관하여』가 나오게 된다. 이 책은 얼떨결에 나의 대표작이 되었는데 물론 대표작은 주로 '가장 많이 팔린 책'을 의미한다. 그리고 작가는 불행히도 자신의 대표작을 고를 수 없다. 나는 대표작이라는 단어 대신 '고마운 책'이라고 부르지만. 아무튼 저 책이 꽤 많이 팔렸구나, 라는 것을 언제 실감했느냐면, 코로나19가 터지기 바로 직전, 딸과 런던으로 향하던 영국항공 비행기 안에서였다. 기내식 서빙이 끝나고 승객들 잠을 재울 시간이 되어 기내 조명이 꺼지고 다들 하나둘씩 담요를 덮고 자기 시작하는데 내 자리에서 사선으로 보이는 앞좌석 승객이 개인 조명을 켜고 책을 꺼내 펼쳤다. 지하철이나 대중교통에서 모두가 휴대전화를 보는 시대에 누군가 종이책을 꺼내 읽으면 아무래도 직업상 무슨 책인가 궁금해질 수밖에 없는데 그 책이 『태도에 관하여』였다.

소심하게 인증 사진을 찍어보았다.

깜짝 놀랐지만 아는 척은 하지 않았다. 비행기 뜬 지 얼마나 되었다고 쿡쿡 찔러 "안녕하세요? 제가 바로 그 책을 쓴 사람입니다"라고 할 수 있겠는가. 이것은 마치 기내 영화로 톰 크루즈의 액션영화를 보고 있는데 톰 크루즈 배우가 옆으로 다가와 "오, 어때요? 영화 재밌나요? 제 연기 어때요?"라고 하는 것과 다를 바 없지 않겠는가. 물론 놀라기도 하고 반갑기도 할 것이다. 하지만 그것은 잠시, 어색한 침묵이 흐른 후 바로 뒷자리에서 작가가 노려보고 있다고 생각하면 책을 중간에 덮지도 못할 것이다. 이게 무슨 난감한 상황이란 말인가. 나는 독자에게 진상 저자이고 싶지 않았다.

아무튼 『태도에 관하여』가 베스트셀러를 넘어 스테디셀러로 자리 잡으면서 나의 저술업 생활에 미묘한 변화가 생겼다. 강연 섭외가 들어오기 시작한 것이다. 그것이 무엇을 의미하냐면 저술업 1기 시절에 내 고정 수입을 지탱해주던 각종 연재 글을 최소한으로 써도 된다는 의미였다. 마감이 있는 글을 일주일에 몇 개나 써내면서 동시에 호흡이 긴 책을 위한 글을 병행하는 것은 무척 힘겨운 일이었는데, 이제는 내가 쓰고 싶은 책 위주로 쓰고 간간이 최소한의 고정 연재와 강연만 소화해도 어찌어찌 생활이 되었다는 뜻이다. 다시 말해 저술업 초기 때와 비교하면 뒤로 갈수록 점점 내가 쓰고 싶은 글 위주로 쓸 수 있게끔 체제를 잡아나가게 된 셈이다.

남이 내게 쓰기를 원하는 글 ⋯ 내가 원하는 대로 쓰지만 정해진 시간에 납품하는 글 ⋯ 내가 쓰고 싶을 때 쓰는 글

고정 연재 칼럼도 내가 좀 더 쓰고 싶은 것과 돈벌이를 위해 의무적으로 하는 것으로 나뉘었는데 이 시기에 강연 일이 들어온 덕분에 연재는 최대한 적게 하면서 내가 정말 쓰고 싶은 주제로만 쓰게 되었다. 그래서 책 집필도 조금 편하게 했던 행복했던 시기였다.

참, 이 시기에 나는 처음으로 '작가'라는 호칭으로 불리게 되었다. 책을 열 권 정도 쓴 다음에야.

4

2017년 정도부터 스스로 저술업 3기라고 생각하는데, 이때는 그전의 자유롭고 솔직한 글을 넘어 나만의 색깔이나 분위기, 다시 말해 문체라고 하는 부분을 조금 더 진하게 구축해나간 시점이라고 보고 있다. 유쾌하고 시원시원한 직설보다는 세밀하고 복잡한 인간의 감정에 대해 쓰고 싶어 했고, 특히 슬프고 아름다운 글, 먹먹하고 가슴 시린 기분이 드는 글을 쓰고 싶었다. 개인적으로 슬픈 일들이 많아서 더 그랬는지도 모르겠다.

기법 면에서는 여러 가지 응용과 도입을 시도해보았다. 예를 들어 에세이 『다정한 구원』에서는 일부러 그날그날 나와 함께 리스본을 거니는 것처럼 독자가 느끼게끔 모든 글을 과거형 동사가 아니라 현재진행형 동사로 썼다. 장편소설 『가만히 부르는 이름』에서는 중간에 남자 주인공이 여자 주인공에게 보내는 편지글을 연속적으로 배치했다. 첫 설렘부터 마지막 이별을 저지하려는 절박한 마음, 그리고 이내 자신의 슬픔을 억누르고 떠나는 연인을 기꺼운 마음으로 이해하려는 초연함에 이르기까지 한 젊은 남자 주인공의 의식의 흐름을 담고자 한 것이다. 소재 면에서도 소설에선 주로 사랑에 관한 이야기를 하는 것을 좋아했는데 조금씩 사랑 외에 복잡한 감정에 대해서 더 다루거나 개성 있는 조연들을 등장시키는 등, 매 책마다 조금씩 새로운 기법을 시도해보았다. 다음 책 쓸 때마다 새로운 기법이나 플러스알파를 넣을 수 있도록 항상 의식하면서 쓴 것이다. 또한 3기에 와서 책을 쓰기 위한 기초 자료 조사를 진지하게 하기 시작했다. 2기 때까지는 그냥 내가 아는 것으로 꾸려갔는데, 3기부터는 그것만으로는 안 된다는 것을 절실히 깨달았다.

에세이 『평범한 결혼생활』의 경우는 1번부터 50번까지 번호를 매겨서 길이가 다양한 글을 배치했다. 들쑥날쑥하지만 리드미컬하고 자연스럽게 이어지면서 기승전결의 스토리를 이루고자 했다. 이 글들의 흐름이 잘 이어지지 않았다면 단순히 주절거림의 나열에 불과했을 것이다. 이 방법은 캐시 박 홍의 『마이너 필링스』라는 책을 보고 힌트를 얻었다. 그 책은 번호를 매기지는 않았지만 일반적인 에세이 구성이 아닌 툭툭 끊어내듯 글을 배치해 놓았는데 왜 그런 식으로 썼는지 절로 알 수 있을 것 같았다. 캐시 박 홍은 미국에서 소수자인 동양인 여성으로 살아오면서 느꼈던 여러 복잡한 감정들에 대해 이야기를 한다. 본질적으로 굉장히 괴로운 이야기인데, 그 이야기를 최대한 담백하게 해야만 할 때 이 구성 방식이 잘 맞았다. 적나라하지만 진실 어린, 그러면서도 고통스러운 이야기를 구구절절 순서대로 정색하며 늘어놓는 것은 독자에게 부담을 줄 수가 있기에 이 통통 튀는 스타카토 기법이 적당하다는 것을 알았다. 대신에 하나 마나 한 소리를 하면 안 되고, 밀도도 있어야 한다. 대수롭지 않게 툭툭 던지지만 그 안에 어떤 진실이 담겨 있는 것을 효과적으로 보여주고 싶었다. '결혼'이라는 주제가 그런 것 아니겠는가. 무거우면서도 가볍고, 출구 없는 터널 같아 좌절하다가도 저만치서 한줄기 빛이 쏟아지는.

5

단순하게 보면 리스본 여행에세이라 할 수 있는 『다정한 구원』은 리스본에 가기 전에 초고를 다 써놓고 갔다.

여행에세이를 여행 가기 전에 써놓고 갈 수 있다는 사실을 나는 무라카미 하루키를 통해 알게 되었다. 무라카미 하루키의 여행에세이 『라오스에 대체 뭐가 있는데요?』와 관련된 어느 인터뷰에서 그가 '귀찮아서 미리 써놓고 갔죠'라고 한 대목을 읽고, '그래, 왜 그럴 수 있다는 가능성을 생각하지 못했지?' 하고 뒤통수를 맞은 것 같았다.

리스본은 열 살 이후로 가본 적이 없기 때문에 그러잖아도 그사이에 바뀐 리스본에 대한 모든 것을 조사해야 했다. 한국어로 출간된 책은 물론, 영어와 일본어로 출간된 리스본 관련 책과 전문잡지 들을 50권 넘게 살펴보았다. 그것을 토대로 현지에서 가야 할 곳들을 선별하고, 하루하루의 동선을 가급적이면 구체적으로 짜놓았다. 그 동선은 그냥 내가 가고 싶은 곳을 떠나 하나의 '이야기'가 매끄럽게 흐를 수 있게 고려를 해둔 일정이었다. 나는 여행 '정보서'를 쓰는 것이 아니었기 때문이다. 그뿐만 아니라 리스본에 대한 기초 정보와 역사, 개별 장소에 대한 구체적인 세부 사항 등 책의 밀도를 위해 미리 정리해두어야 할 내용들이 많았기에 미리 '공부'를 하는 것은 물론이고 책의 윤곽을 잡으며 흐름을 세팅해놓는 것이 필요했다. 조금 엉성하더라도 아예 초고를 써놓고 가는 것이 결과적으로는 무척 도움이 되었다.

"에이, 그럼 그건 인위적으로 짜 맞춘 거잖아요? 사기 치는 것 같잖아요? 현지에서 자유롭게 다니면서 그 순간의 감상을 포착해야 의미 있는 것 아닌가요?"

이런 반발을 들을 법하지만 실제로 해보니까 다 짜놓고 세팅을 해야 오히려 현지에서 자유로워질 수가 있었다. 김장으로 치면 배추를 절여놓고 김칫소를 다 만들어놓고 가는 것이다. 우선 현지에서 낮에 여행을 다니고 밤에 숙소로 돌아와 그날의 일기나 감상을 쓰는 것은 체력적으로 무리가 있다. 게다가 당시 나는 어린아이를 혼자 데리고 다녀야만 했다! 또한 아무리 일정을 미리 촘촘하게 짜놓고 여행을 떠난다고 해도 현지에선 늘 예기치 못한 변수가 생긴다. 모든 것을 계획한 대로 할 필요도 없다. 큰 틀대로 움직이되(그래야 책의 이야기의 흐름을 크게 뒤흔들지 않으니까), 세부 사항에서는 그때그때 내키는 대로 변화를 줘도 좋다. 현지에 가서 알게 되는 새로운 정보라는 것도 있으니까.

왜 초고를 써놓고 가는 것이 좋은가 하면, 전반적으로 써놓고 가야 현지에서는 내가 그 순간에 생생히 느끼는 감정 '만'을 묘사해서 쓸 수 있기 때문이다. 안 그러면 현지에서 오늘 뭐 했고, 여긴 어디고 등 기록만 하느라 정신이 없다. 여행을 할 때는 오로지 '감정을 느끼고 그것을 가급적 생생히 묘사하는 작업'만을 하는 것이 좋다. 그 부풀어진 마음은 그 순간만의 것이니까 최대한 그것에만 집중하고 싶은 것이다. 일기 쓰듯 그날 만난 장소와 사람들, 느낀 감정들을 깨알같이 기록해놓고 귀국 후 그것을 정리한다고 생각하면 기억의 왜곡이 생길 것만 같고 무거운 숙제가 남아 있는 기분이다. 귀국해서는 현지에서 느낀 그 순간의 공기, 생각, 감정에 대한 이야기를 미리 써둔 김칫소에 더해 절임 배추에 집어넣으면 된다. 풍요롭고 균형 잡힌 원고가 완성될 것이다.

여행 가기 전에 최대한 원고를 많이 써놓고 틀과 흐름을 잡아놓고 갈 것. 준비를 많이 하고 갈수록 여행에세이의 밀도가 올라갈 것이다.

6

2002년에 첫 책을 냈으니 저술업을 20년 넘게 한 셈이다. 12년간의 직장 생활을 뒤로하고 2005년부터 전업 작가가 되었으니 그것도 18년째인 셈이다. '책 팔아서 먹고살기 힘든' 한국에서 전업 작가로 이만큼 버틴 것은 평균보다는 '롱런'했다고 봐도 무방할 것이다.

어째서 롱런할 수 있었는가? 아래는 나의 주관적인 진단이다.

우선, 새로운 시도와 변화가 이어졌기 때문이다. 글의 형식, 내용, 톤 면에서 조금씩 변화를 꾀했다. 처음에는 칼럼에서 시작했다. 나는 사회과학을 전공했고, 직장생활도 마케팅을 12년 했기 때문에 분석과 논리가 중시되는 글을 써왔다. 시사 이슈에도 관심이 많았다. 그래서 칼럼으로 글쓰기를 시작했고, 그 후 에세이 글쓰기의 영역으로 넘어갔다. 또 그 이후 소설로 넘어가면서 새로운 글의 형식을 시도했다. 새로운 일에 도전하다 보면 시간은 참 잘 흐른다.

형식이 내용을 좌우하기도 한다. 처음 칼럼을 쓸 때는 시사적이거나 사회적인 문제, 삶의 태도나 일, 가치관에 대한 내 생각이나 주장을 담는 것에 관심이 많았다면, 에세이와 소설 등 문학의 영역으로 점점 옮겨가면서 사랑이나 상실 등 좋아하는 화두에 대해 이야기를 펼쳐나갈 수 있었다. 글의 톤도 초기에는 솔직하다, 시원시원하다, 위트 있다 같은 피드백을 받았다면 이후에는 점점 더 서정적인 톤으로 옮겨갔다. 에세이와 소설을 쓸 때 내가 좋아하는 글의 톤은 '건조함'인데 그것은 격한 감정을 속으로 절제한다는 것을 뜻한다. 폭발적인 감정을 느끼면서도 상대를 위해 그것을 가슴 한편에 억누르는 먹먹한 마음을 귀하게 생각한다.

7

한국에서 전업 작가로 먹고살기는 무척 어려워서 책을 쓰는 것 외에도 다양한 일들을 병행했다. 경제적으로 어느 정도 보장이 돼 있지 않으면 마음 놓고 편히 글을 쓰지 못한다. 그래서 체력이 닿는 한 열심히 뛰었다. 인세 수입만으로는 부족해서 그것을 보완하는 차원에서 이런저런 일을 했고, 그러면서 점점 인세 수입 비율을 높여갔다. 저술업 초기에는 칼럼 연재를 동시다발적으로 내가 감당할 수 있는 한계까지 다 받아서 거의 일주일 내내 마감을 하고, 라디오 고정 게스트도 하고, 강연 요청도 가깝든 멀든 들어오는 것은 웬만해서는 거절 안 했다. 군부대부터 IT기업까지 다녔다. 정말 별의별 장소를 다 갔다.

한번은 군부대 위문 강연을 갔는데 웬 검정색 세단이 아침에 집으로 나를 데리러 왔다. 차는 고속도로를 빠져나가 점점 외딴 시골길로 가더니 철문을 지나 이런 곳에 사람이 있나 싶을 정도의 장소로 가 200명가량의 군인으로 꽉 찬 강당으로 나를 데려다줬다. 장군님이 뒷문으로 들어오셨을 때 나이 어린 군인들은 우렁찬 박수를 보냈지만, 내가 강연을 시작하자 1분 내에 고개를 떨어뜨리고 수면에 돌입했다. 조카뻘인 그 남자아이들을 안쓰럽게 지켜보며 나는 주어진 임무를 열심히 다했다. 강연이 끝날 시간 즈음에 다시 장군님이 뒷문으로 스르륵 재등장하셨는데 앞만 보고 있던 군인들은 그 조용한 발걸음을 대체 어떻게 파악했는지 일제히 잠에서 깨었다. 강연을 마치자 다시 열화와 같은 박수를 내게 보내주었다.

강연이나 토크는 물론 생활비 조달 때문에 하는 측면이 크다. 더불어 하나하나 세심히 하다 보면 인지도를 쌓아가는 데 도움을 준다고 믿는다. 정치인들이 괜히 발품 팔아 재래시장 가서 악수하고 그러는 게 아니다. 하지만 나에게 '행사를 뛰는' 의미란 내가 환영받지 않을 곳에 가

서 뱃심을 키우고 스스로의 위치를 자각하기 위한, 건전
한 자기 객관화를 위해 정기적으로 필요한 그 무엇이다.

8

자기 자신을 시험에 들게 하기 위해, 여러 가지 경험
을 쌓기 위해, 그리고 다양한 사람들에게 나를 알리기 위
해 초기엔 가급적 가리지 않고 여러 장소에 자신을 갖다
놓는 것이 필요한 일이라고 생각했다. 하지만 계속 그래
야만 할까? 너무 가기 싫고 나와 맞지 않는 곳에, 가면을
쓰고 연기를 해가면서도 그저 경험을 쌓고 돈을 벌기 위
해, 인지도를 올리기 위해 나를 그 어느 곳이든 데려다 놓
아야만 하는 것일까?

저술업의 경력이 쌓이면 그만큼 일반적으로 작가로
서의 고유성이 짙어진다. 자신의 고유성을 지키는 방향
으로 가야 할까, 혹은 계속 새로운 모험과 변화를 꾀해야
할까. 이 두 가지는 병행이 가능할까. 대중을 상대로 하는
일을 나보다 훨씬 앞서서, 그리고 훨씬 성공적으로 해온
한 친구는 말했다.

"프리랜서에는 두 가지 노선이 있어. 하나는 들어오는 일을 마다하지 않고 다 하고, 일로 만나는 모든 사람들한테 다 맞춰주고 잘하는 타입. 또 하나는 아무리 그게 인기와 돈을 보장해준다고 해도 자기가 안 맞으면 단호하게 하지 않는 타입. 당연히 일을 위한 인맥 관리 같은 것도 하지 않지. 너는 이 둘 중에 어떤 노선으로 갈지 결정해야만 해."

작가로서 커리어가 길어질수록 당시 친구가 해준 그이야기가 귀에 맴돌았다. 나는 초기에는 얼마간 전자의 입장을 취했지만, 가면 갈수록 후자의 입장을 취한다는 생각이 들었다. 한번은 사람들에게 잘 알려진, 어떤 분이자신이 진행하는 행사에 나를 게스트로 초대했다. 한데그분이 설파하는 이야기의 논조나 그분의 대외적인 이미지가 내가 추구하는 방향과 다르다는 생각에 고심 끝에마다했다. 그 행사에 출연하면 분명 인지도가 지금보다올라가겠지만 동시에 그분이 가진 어떤 이미지가 나에게도 옮겨올 것 같았다(물론 이것은 내가 그보다 낫다는 것을의미하진 않는다. 그저 톤이 다를 뿐이다). 내가 그 초대를거절하자 그쪽의 담당자는 자신의 귀를 의심하며 화들짝놀란 것 같았다. 그는 '남들은 먼저 출연하게 해달라고 줄 서 있는 판에 왜 거절해?'라는 말을 순화시켜 어이없다는 어투로 말했다. 아, 그래서 출연료 액수가 그토록 낮았구나, 라고 순간 깨달았다. 담당자는 너무나도 당연히 내가 황송해하며 제안을 수락할 거라고 확신했던 모양이다. 담당자의 그런 즉각적인 반응을 보고 내가 거절한 것이 맞는 방향임을 알았고, 그제야 아까운 기회를 놓친 것 아닐까 하는 미량의 의심마저 남지 않게 되었다.

들어오는 일은 가급적 해보려고 하지만 가장 본질적인 부분에서 나와 맞지 않으면 단호하게 하지 않고, 조금 더디더라도 내가 보여지고 싶은 방식으로 보여질 수 있고, 내가 이해받고 싶은 방식으로 이해해줄 수 있는 독자를 조금씩 늘려가는 방향. 현재로서는 나를 그렇게 운영해나가려고 한다.

9

작가로서 인지도를 올리려면 꾸준하게 자신의 글을 노출시키는 것만큼 효과적인 것이 없다.

만약 어떤 매체에 원고를 청탁받는다면 가급적 그것을 1회성 원고가 아닌 '연재물'로 만들어가야 한다. 그래서 저술업 초기, 나는 1회성 외고보다 어떻게든 고정 연재를 뚫었다. 여기 한 번 저기 한 번 나와봤자 인지도가 안 쌓이기 때문이다. 매체가 별로 유명하지 않다 해도 한 군데서 정기적으로 꾸준히 노출되는 게 중요하다. 예전에 내가 글을 쓰기 시작할 무렵에는 신문, 잡지, 온라인 웹진 정도가 매체로서 존재할 뿐이었다. 블로그도 활성화되어 있지 않았고 브런치 같은 글쓰기 플랫폼도 없었다. 꾸준히 글을 써서 차곡차곡 아카이빙을 할 수 있는 방법이 매체 고정 연재밖에 없었으니 어떻게든 뚫을 수밖에 없었다.

고정 연재물로 글을 쓰면 하나의 주제 아래 꾸준히 연속적으로 글을 써나갈 수 있는 실력을 보여줄 수 있다. 그와 동시에 내 글이 지속적으로 사람들에게 노출되어서 유의미하다. 과거 마케팅 경력자로서 '광고 집행은 최소 얼마간의 기간 동안 이 정도의 빈도수로 꾸준히 노출되어야만 비로소 소비자에게 도달한다'는 법칙을 경험으로 확인했다. 단발성 광고는 의미 없다. 광고는 누적되어야 효과를 낸다.

마찬가지 맥락에서 작가라면 책 출간도 꾸준히 해야 이름이 알려질 가능성이 올라간다. 특히 저술업 초기, 어느 정도 인지도가 쌓이기 전까지는 책 출간과 출간 사이의 공백을 최소화해야 한다. 첫 책을 내고 두 번째, 세 번째 책을 내기까지 공백 기간이 길면 독자들은 사라졌다 생각할 것이다. 첫 책에 흥미를 못 느꼈다 해도 연이어 두 번째 책이 나오면 이름을 기억한 상태에서 한 번 더 기회를 줄 가능성이 높아진다. 만약 그의 첫 두 권의 책을 읽어봤는데 둘 다 괜찮았다면 그 후에 낸 책도 계속 사볼 가능성이 크다. 처음 독자가 내 책을 집어 들어주는 것은 운이고 두 번째 집어 들면 내 실력이다. 두 권 다 마음에 들면 그는 '내 독자'가 되어줄 것이다.

10

지속 가능한 작가 생활을 위한 토대, 꾸준히 글을 쓰게 하는 동력은 마르지 않는 내적 충동이다. 쓰고 싶고 표현하고 싶은 무언가가 있어야 우리는 계속 글을 써나갈 수 있다.

성장기에 오랜 외국 생활을 했던 나는 '쟤는 조금 우

리와 다른 아이, 이상하고 알 수 없는 아이'라는 시선을 받아서 그것이 약간의 서글픔으로 가슴에 남아 있다. '나는 이상한 사람이 아니야. 나는 그냥 나일 뿐이고, 나는 정확하게 이해받고 싶어'라는 내적 충동이 항상 있었다. 그들의 말대로 '다르고 이상하기 때문에' 고유한 관점을 가질 수 있어서 글쓰기에 있어서는 이점이 되어준 부분도 분명히 있을 것이다. 지속적으로 글과 책을 쓸 기회가 있었던 것은 같은 이야기를 해도 조금 다른 관점을 피력하거나 남들은 꺼려할 만한 솔직한 이야기를 서슴없이 했기 때문이 아닌가, 라는 생각을 해본다.

글쓰기를 위한 내적 충동은 말 그대로 '내 안에서' 일어나는 소재가 주를 이루어야 할 것이다. 기본적으로 내 안에 이미 존재하는 재료들로 글을 써야 오래 쓸 수 있다고 생각한다. 내 안에 하나의 세계가 있어야 하고 자기 세계관 안으로 독자를 끌어들이는 것이다. 물론 장기적으로 저술업을 계속한다면 이것 '만'으로는 모자라 보다 많은 것을 새로이 흡수해야 하겠지만, '정말로 하고 싶은 이야기'는 근본적으로 내 안에서 나와야 한다. 나의 내면에 항상 남아 있는 어떤 명제는 쉽게 변하지 않는다.

반면 외적 자극이나 소재만으로 글을 쓰면 금세 바

닥이 날 것이다. 나는 그것이 소위 '방송 방식'이라고 생각하는데, 지금 바로 현장에서 경험한 것으로 요리해서 내주는 것, 다시 말해 외적인 자극을 연료 삼아서 쓰는 방식의 글쓰기는 밑 빠진 독에 물 붓기처럼 한계가 느껴진다. 같은 맥락으로 트렌드를 쫓는 글쓰기가 있다. 지금 잘 나가는 낌새가 보이는 무엇. 트렌드를 조금 비틀어서 이렇게 써보면 어떨까 하는 것이다. 출판사는 저자가 내면에 무엇을 가지고 있는지, 무엇을 쓸 수 있는지 모를 때 (혹은 알려고 하지 않을 때) 현재 안전해 보이는 외부적인 요소에서 쓸거리를 가져와 제안해보는 경우가 있다. 그 결과물은 대형 서점에서 비슷비슷한 표지와 제목과 콘셉트로 숱하게 나와 있는 책들이다. 진지하게 작가업을 생각한다면 이런 방식의 글쓰기는 웬만하면 하지 않는 게 좋다. 왜냐하면 트렌드를 발 빠르게 쫓아간다고 해도 이미 벌써 한 발 늦은 것이고, 그것이 아무리 지금 독자들에게 각광을 받는 주제라 하더라도 내가 정말로 그 주제에 대해 쓰고 싶은 것이 아닌 이상 쓰면서 충만하기가 힘들고, 그렇게 숙제처럼 글쓰기를 했다가는 두 번 다시 글을 쓰고 싶지가 않을 것이기 때문이다.

물론 출판사 편집자들은 노련하게 출판 경향을 파악

하고 그를 토대로 제안하고 있는 걸 수도 있다. 게다가 트렌드에 부합하는 주제로 책을 쓰는 것은 운이 좋으면 히트 칠 수도 있다. 하지만 작가 개인으로 놓고 봤을 때는 입구를 좁히는 선택이 아닐까. 특히 그 트렌드와 관련된 주제가 너무 구체적일수록 그 이미지가 나한테 강하게 묻어서 거기서 빠져나오기 힘들다. 처음부터 샛길로 들어가면 방향을 바꾸기 어렵다. 첫 단추가 선입견을 만드니까. 그래서 시류와 무관한 보편적 주제가 기왕이면 나은 선택이다. 보편적이라고 하는 것은 바로 봉준호 감독이 아카데미상 수상 소감으로 말한 '개인적'인 것이라고 생각한다. 그리고 가장 개인적인 것이 가장 창의적("The most personal is the most creative")인 것이 맞다.

지금 트렌드인 주제이고 내가 이 주제에 대해 진심으로 쓰고 싶다면 물론 상관없다. 하지만 그게 아니라면 시류에 편승하는 것을 작가가 스스로 저지시켜야 하지 않을까. 그러려면 다시 원점으로 돌아와서 자기 안에 뭔가 쓰고 싶은 것을 많이 갖고 있는 사람이어야 한다. 그리고 그것을 타인과 대중의 시선에서 벗어나 쓸 수 있는 용기가 있어야 한다. 내가 쓰고 싶은 주제로 내가 쓰고 싶은 글을 쓰는 게 너무 당연한 것 같지만 저술업 초반에는 의외로 그게 쉽지가 않다. 일단 어떻게든 첫 책을 내고 싶고 자기 글에 대한 확신도 부족하기 때문에 출판사에서 바라는 방향으로 하게 된다. 내 마음대로 했다가 망하면 어떻게 해? 같은 마음이 드는 것이다.

책에 대한 반응(다시 말해 판매 결과)이 어떻게 나오느냐는 다 소용 없다. 내가 원치 않은 소재나 방향으로 썼는데 그 책의 반응이 좋으면 또다시 자기 자신과 타협해야 하는 딜레마에 빠진다. 책을 쓰는 과정에서 재미가 없고 기쁨이 없었기 때문이다. 기쁨이 없는 작업을 힘겹게 한 번 하고서 또다시 하고 싶을까?(이때 출판사는 후속을 내자고 어떻게든 설득할 것이다) 책의 반응이 좋지 않으면 이중으로 후회가 될 것이다. 재미나 기쁨도 없는데 다른 보상조차 주어지지 않았으니까. 내가 원치 않았던 글을 쓰고 있을 때는 기분이 묘하게 찝찝하다. 하지만 당시에는 모른다. 그 후 내가 정말로 쓰고 싶은 유형의 글을 썼을 때, 비로소 과거의 그 기분이 자기 본질과 엇갈리는 묘한 찝찝함이었음을 깨닫게 된다.

'나는 무의식 중에 남들이 내게 바라는 것을 쓰려고 했어.'

인정받고 싶은 마음, 좋은 결과를 바라는 마음, 그리고 한물간 사람이 되고 싶지 않은 마음, 자신이 중요하다고 여기는 것들을 주변에서 의미 없는 것으로 치부해버릴까 봐 지레 두려워한 마음 때문이리라. 다 소용없었다. 한 번이라도 원치 않은 방향으로 시나리오를 썼다가는 그만큼 향후 '나의 것'을 쓸 수 있는 수명이 줄어들 테니까.•

11

"글을 쓸 때 영감은 어디서 얻습니까/찾습니까"라고 사람들은 곧잘 묻는다. 나는 그럴 때마다 잠시 멍해진다. 내가 보기엔 영감은 외부에서 얻거나 내가 찾으러 떠나서 발견하는 것이 아니다. 그간의 경험이나 생각 등을 통해 내 안에 조용히 숨 쉬는 어떤 기억의 총집합 같은 것이 있는 상태에서 외부의 작은 자극들—음악, 풍경, 독서 등—로 인해 톡 건드려지면 그게 생각으로 부풀어 올라 글을 쓰게 만든다. 그러한 일들이 생길 때마다 그 내용들을 나의 '아이디어 서랍' 속으로 하나씩 차곡차곡 넣어둔다.

• 임경선, 「호텔에서 한 달 살기」, 『호텔 이야기』, 2022, 50쪽.

나에겐 늘 그해의 에세이 폴더 서랍과 소설 폴더 서랍이 노트북 바탕화면에 있다. 그 안에 온갖 아이디어 재료들을 계속 업데이트한다. 사무치는 문장 하나, 쓰고 싶은 주제, 어떤 단어 하나, 어떤 장면, 어떤 분위기, 어떤 캐릭터. 소설은 보통 어떤 인물(캐릭터)에서 시작되는 경우가 많다. 가장 최근의 소설집 『호텔 이야기』 때는 밤 러닝을 하다가 지나친 특급호텔의 야간 당직 직원이 어두운 조명 아래 혼자 서 있던 차분하고 과묵한 모습이 마음속을 떠나질 않았다. 밤새 저렇게 혼자 서 있을 텐데 어떤 기분일까, 무슨 생각을 하고 있을까 궁금해졌다. 그 모습은 고이 서랍 속에 들어갔다. 매혹을 느끼는 것, 호기심을 유발하는 것들이 주로 글의 소재가 된다.

12

나만 읽을 일기 글과 남이 읽어줄 책 글의 차이점은 '자료 조사'에서 결정적인 차이가 있는 것 같다. 일기는 내가 느끼고 아는 것만 쓰면 되지만 책을 쓰려면 나의 글을 두루 보완하기 위한 꼼꼼한 자료 조사가 필요하다. 이것은 너무 중요한데 의외로 간과되고 있다. 전문서나 인

문서만 자료 조사를 한다고 생각하지만 문학서도 밀도를 높이기 위해 자료 조사와 공부가 필요하다.

글을 쓴다는 건 영감이 찾아올 법한 분위기 좋은 카페에 가서 노트북 펼쳐놓고 그날의 기분이나 소소한 발견을 적는 것이 아닐 것이다. 쓰고 싶은 주제를 둘러싼 자료들을 찾아 읽고 공부를 해서 쓰고자 하는 것에 깊이와 풍부함과 디테일을 더해야 하고 무엇보다도 그 과정에서 내가 쓰고자 하는 내용을 스스로가 잘 '소화'를 하고 있어야 한다. 필요한 주제에 대해서 자료 조사를 하다 보면 쓰면서도 계속 새로운 아이디어가 생겨서 내 글을 앞으로 나아가게 만든다.

한편, 인터넷 검색만으로 자료 조사를 끝냈다고 만족하지 말 것. 인터넷 검색은 사람들이 가장 많이 보는 것을 우선순위로 올려놓기 마련이라 가장 진부한 얘기가 내 눈앞에 일단 뜬다. 그러면 거기서부터 이미 엉뚱한 데로 빠지기 때문에 그를 보충하기 위한 방법으로 도서관에 가서 관심 주제에 맞는 책을 고른 후 그 위아래 좌우로 주변에 있는 책들을 무작위로 훑어보기를 권한다. 뜻밖의 연관 주제들이 발견될 것이고 그것들은 좋은 글 재료가 되거나 새로운 자극을 줄 것이다.

간혹 어떤 사람들은 '인용'을 대거 활용한다. 다른 책들에서 쏙쏙 요리조리 인용을 해서 집어넣는 것으로 책의 퀄리티가 올라가진 않는다. 인용은 최대한 하지 말아야 한다고 생각한다. 그렇게 인용들을 많이 집어넣어 한 권의 책으로 만드는 것은 무임승차와 마찬가지다. 글의 맥락상 반드시 필요한 인용이 아니면 최대한 나만의 글로 써야 한다.

13

지속 가능하게 작가로 생존하기 위해서는 인내, 규율, 자기통제도 필수다. 이를 사진으로 표현하면 이토록 지루한 한 장면일 것이다.

지속적으로 작가 일을 한다는 것은 내키지 않더라도 언제 어디서든 쓸 수 있는 힘을 갖는 것이다. 오늘 어떻게 쓰지? 이런 생각은 하지도 않는다. 루틴으로써 글을 쓰는 것이고 내가 쓸 수 있을까? 라는 자기 의심은 하지 않는다. 그냥 쓰는 것이다. 루틴은 다른 말로 집중력이다. 언제 어디에 갖다 놔도 쓸 수 있는 힘, 뭐라도 쓰는 것. 글이 조금 별로여도 상관없다. 나중에 고치면 된다. 하지만 오늘은 이런저런 이유로 못 쓰겠다고 생각한다면 아예 직업으로 하지 않는 편이 낫겠다. 오늘은 영감이 떠오르지 않고 기분도 별로고……. 영감이 떠오르지도 않고 쓰고 싶은 기분이 들지 않을 때도 쓸 수 있어야 하는 것이 작가다. 인내를 '고통'으로 느끼지 않을 수 있어야 한다.

이런 '자연스러운' 인내심을 가지려면 무엇이 필요한가? 작가업의 가장 중요한 과정을 진심으로 좋아해야 한다. 그 과정이란 다른 그 무엇도 아닌 혼자, 과묵하게 글을 쓰는 일이다. 이 과정을 좋아할 수 없다면 작가를 할 수가 없는데 사람들은 이걸 너무 간과한다. 작가로서의 삶의 95퍼센트는 그것들로 채워질 것이기에. 작가님 호칭을 듣는 것이나 서점에 내 책이 비치된 것을 보는 것, 책 출간 기념 행사에서 많은 독자들을 앞에 두고 내 이야기를 하는 것 등……은 표면적으로 드러나는 극히 일부분의 비일상일 뿐이니 그런 부분에 현혹되어서 시작할 만큼 호락호락한 일은 아닌 것 같다.

아니, 어쩌면 내심은 작가업의 피할 수 없는 본질을 다들 알고 있으니까 시중에 나오는 온갖 글쓰기 강좌들이 '어떻게든 책을 완성하게 도와주겠다', '7주 안에 책을 쓸 수 있다', '책을 써서 ○억을 벌자' 같은 광고 문구를 내세우는 것 아니겠는가. 책을 쓰는 일이 얼마나 채찍처럼 괴로우면 이런 당근을 코앞에서 흔들겠는가. 이런 달콤한 기대나 희망이라도 있으니까 시작할 마음이 생기겠지. 하지만 본질은 엉덩이 붙이고 앉아서 글을 쓰기, 이것 하나로 모든 것이 수렴되고 그것을 고통으로 느끼지 않을 정도가 되어야 글쓰기를 업으로 할 수 있다.

14

글을 쓰는 사람에겐 흔히들 슬럼프Writer's Block가 있다고 하는데 나는 사실 이것이 실재하지 않는 개념이라고 생각한다. 작가는 슬럼프가 있는 게 아니라 잘 써지는 날과 덜 써지는 날이 있을 뿐이다. 초고의 경우 웬만하면 끈질기게 물고 늘어져서 어떻게든 시작했으면 끝을 내는 게 중요한 것 같다. 그동안 썼는데 원고가 너무 거지같다거나 나는 여기서 더 이상은 한 글자도 못 쓰겠다 싶으면 그 원고는 애초에 책이 될 수가 없는 운명이었을 뿐.

글이 막히고 잘 안 써진다 싶으면 유산소운동으로 뇌에 산소를 공급하거나, 잠을 푹 자서 뇌를 쉬게 하거나, 내가 좋아하는 작가의 책을 다시 곱씹어 읽으면서 아, 나는 이런 글을 쓰고 싶어 했지, 라고 상기시키는 것이 도움이 된다. 내 글이 하찮다고 느낄 때, 내가 엄청난 대작을 쓰고 있는 건 아니어도 내가 쓰고 싶은 것을 쓰고 있고, 나만이 쓸 수 있는 글이 있다, 라는 확신을 지닐 수 있다면 그것이 나를 나아가게 할 거라 믿고 있다.

15

지속적으로 작가업을 하기 위해서는 자기만의 고유성이 있어야 할 것이다. 그것은 글만 읽어봐도 '아 이건 ○○ 작가의 글이다'라고 알 수 있을 정도의 문체를 뜻한다.

모든 작가가 고유의 문체를 가지고 있는 것도 아니고, 의외로 자기만의 문체를 가진 작가들이 숫자적으로 많지 않다. 책을 블라인드 테스트했을 때 읽어보고서 '이건 누구의 책이야'라고 알 수 있는 책들은 소수일 것이다. 문체는 사용하는 단어의 결, 온도, 습도, 리듬의 복합 요소라고 생각하는데 한 작가의 문체는 그 작가의 삶의 방식이나 세계관 그 자체를 반영한다고 본다. 보편적 정서에 부합하지 않고 '다정'하지 않더라도, 그래서 편향적인 생각을 가지고 있다고 해도 무난하게 받아들여지는 삶에 저항하며 자기 줏대대로 살아온 삶이 있는 작가들에겐 자신만의 확실한 문체가 있다. 반대로 무해하고 따뜻하고 사람들을 불편하게 하지 않는 글만 쓴다면 그만큼 고유성과는 거리가 멀어질 것이다. '그 사람만이 할 수 있는 이야기'라는 것이 없다면 애초에 책은 왜 쓰는지 모르겠지만.

그 작가만의 문체가 있을수록 독자는 그 작가의 글에 중독이 될 공산이 크다. 그리고 작가는 독자를 자신의 글로 매혹시키는 것을 넘어 중독되게 만들어야 한다. '못 기다리겠어. 빨리 다음 책 내줘요' 애원하게 만들 수 있을 정도로.

16

작가로서, 아니 창작자로서 가장 굴욕적인 말은 다른 작가 아무개와 비슷해서 헷갈린다, 라는 말이 아닐까. 다른 작가와 이미지나 콘셉트가 겹치는 것은 너무 싫을 것 같다. 자신이 흠모하거나 존경하는 작가와 닮았다는 얘기를 들으면 그리 기분이 나쁘지는 않겠지만.

마케팅적 관점으로 말한다면 차별적 우위를 가지면 좋겠다. 다른 작가들과 달라야 되고, 다른 동시에 더 잘 써야 한다는 말이다. 똑같은 사랑 이야기를 쓴다고 가정할 때 나는 어떤 면이 다르고 어떤 부분을 더 잘 쓸 수 있을까? 만약 제삼자의 시각에서 다른 작가들과 비교한다면 내가 돋보이는 부분은 뭘까. 진지하게 작가업을 지속하고 있다면 얼마간 의식하지 않을 수 없을 것이다. 한 문학평론가는 나를 두고 '한국에서 정사 장면을 가장 잘 쓰는 작가'라고 평가해준 적이 있는데 이것은 차별적 우위라고 할 수 있을까.

17

대중에게 인지도가 생긴다는 것은 누군가에게 이유 없이 사랑받거나 이유 없이 미움받는 일이 생기고 내가 의도하지 않은 방식으로 오해받기도 한다는 뜻이다. 그리고 지속 가능한 작가 생활을 한다는 것은 끊임없이 평가를 받는다는 것을 의미한다.

하지만 칭찬이든 비판이든 흘려듣기로 한다. 욕을 먹지 않는 게 중요한 사람은 대중작가가 될 수 없다. 무시당하는 것을 견디지 못하면 글을 쓰는 직업은 하지 않는 게 좋겠다. 사람들은 다 생각이 다르기 때문에 똑같은 상황을 놓고도 좋다는 사람과 싫다는 사람이 있다. 그리고 우리는 주로 좋은 얘기 99퍼센트를 들어도 1퍼센트의 혹평에 신경 쓰고 괴로워한다. 그래도 참아야지, "대체 나한테 왜 이러는데?"라고 가서 따질 것은 아니지 않은가. 독자는 얼마든지 혹평하고 오해할 자유가 있다. 세상 사람들은 저마다 다양한 생각을 가지고 있고, 그렇기 때문에 이 세상에 다양한 작가가 존재할 수 있는 것이기도 하다. 작가로서 할 수 있는 유일한 방어는 SNS에서 자기 이름을 검색하지 않는 것이다. '평가'를 받음으로써 이 직업은 비로소 완성되는 것이다.

18

저술업을 하다 보면 종종 내가 생각하는 나의 모습과 남이 바라보는 나의 모습에 괴리가 있음을 알아차리곤 한다. 그러니 내가 원치 않는 방식으로 내가 알려지고 있거나 보여지는 일은 비일비재하다. 그런 일로 스트레스를 받으면서 '나는 그런 사람이 아니다'라고 하나하나 해명하는 데에 진을 빼지 않도록 한다. 대신 시간이 걸리더라도 내가 원하는 방식으로 받아들여지기 위해서는 스스로를 바꾸는 게 가장 확실하고 빠르다.

소싯적 나는 '왕언니'라는 이미지로 비친 적이 있었다. 직설적인 말투나 글투 때문이었던 것 같다. 저술업 초기의 책들을 보노라면 그런 선입견을 충분히 줄 법했다. TV 아침 프로그램이나 예능프로그램 같은 데서도 독설가 역할로 섭외가 종종 왔다. 하지만 내가 바라보는 나 자신은 왕언니 타입도 아닐뿐더러 언니라는 호칭도 좋아하지 않았다. 하지만 그렇게 된 데에 내 책임이 없다고 말할 수 있을까? 나의 본질을 제대로 보지 못하는 당신들의 잘못이라고 할 수 있을까? 선입견이 만들어진 데에는 분명 나의 책임이 얼마간 있다. 그렇다면 내가 비치고 싶은 이미지의 글들을 더 많이, 더 잘 쓰는 것 말고는 방법이 없었다. 말보다 실천으로 보여주는 수밖에. 사람들의 선입견을 바꾸는 데는 오랜 시간이 필요하지만 노력하는 과정 중에서 분명 내가 이해받고 싶은 방식 그대로 정확히 나를 이해해주는 소수의 독자를 만나게 될 것이다. 그들의 발견과 인정에 힘입어 내가 바라는 쪽으로 더 끌어가는 힘을 키운다. 그렇게 역할극이 아닌 진짜의 나와 잘 맞는 고정 독자들을 조금씩 늘려가는 게 중요하다.

어떤 저자들은 '나는 책을 몇 권 냈는데 사람들은 왜 나를 작가로 안 부르지?', '왜 나를 작가로 인정해주지 않지?'라는 생각을 하는 것 같다. 내가 나를 엄연한 작가로 바라보는 만큼 남들이 나를 제대로 된 '작가'라고 봐주지 않는다는 묘한 느낌을 받으면 속상하고 서운할 만하다. 하지만 이 역시도 개별 설득이 될 수가 없다. 묵묵히, 좋은 책을 더 많이 쓰는 것밖에는 방도가 없다.

19

작가는 독자와 적당한 거리를 두는 것이 좋다. 작가들은 외롭고 인정욕구가 강하고 또 자신감이 자주 떨어져 있기 때문에 자칫 독자들의 달콤한 말에 의존하기가 쉽다. 한데 심리적으로 독자에게 의존하면 자기 객관화할 수 있는 힘이 떨어지면서 정신적으로 느슨해진다. 작가는 일부러라도 스스로를 조금 외롭게 만들어줘야 한다. 전업 작가로 지낸 18년 동안, 내가 독자와 개인적인 친분을 맺은 것은 다섯 명도 채 안 되는 것 같다.

요새는 작가들도 많은 경우 개인 SNS가 있어 독자가 작가에게 직접 말을 걸 수 있는 통로가 생겼지만 작가는 거기에 일일이 반응할 필요가 없다. 내키면 답해도 되지만 내키지 않으면 답하지 않아도 무방하다. 이것은 야박한 게 아니라 건강하고 자연스러운 거리 설정이다. 독자들을 무시해서가 아니라 독립적인 정신을 유지하며 계속 견고하게 써나가기 위해서다. 작가는 독자에게 개별적으로 친절해야 할 의무나 필요가 없다. 작가가 제공할 수 있는 최선의 선의는 좋은 글로 보답하는 것뿐이다. 작가와 독자가 너무 가까워져서 좋을 것이 없다. 스티븐 킹의 공포 소설 『미저리』의 간호사 애니도 원래는 자신이 방 침대에 묶어놓은 남자 소설가의 열혈 팬이었다.

　내게는 가끔 친구가 되자며 접근하는 '잘난' 독자들이 있다. 주로 사회 경제적으로 성공한 전문직 종사자들인데 나는 이들이 정말 불가사의하다. 그들은 참 자신 있게 내게 만나자고 한다. 가난한 작가 양반, 맛있는 밥 사줄 테니 나오시라고. 이런 초대를 참 자신 있게 하는 걸 보면 그들이 모르는 게 몇 가지가 있다. 첫째, 나는 책 작업을 하는 동안에는 집중력과 흐름이 깨지는 걸 싫어해서 웬만하면 사적인 약속을 잡질 않는다. 둘째, 내가 책 작업을 하는 동안에는 밥은 오로지 글을 쓰기 위한 에너지 보급 때문이고, 맛있는지는 중요하지가 않다. 셋째, 그렇게 팬이시면 당신이 내가 있는 데로 와야지 왜 내가 거기로 찾아가야 하는지. 그리고 마지막으로 넷째, 나는 당신들이 생각하는 것만큼 가난하지가 않다.

　호기롭게 초면에 온라인으로 식사 초대를 할 수 있다는 것은 살면서 별로 거절당해본 적이 없기 때문일 것이다. '책을 읽어보니 분명 당신과 나는 잘 통할 것이다'라는 확신을 피력하기 전에 내가 직업적 작가이기 때문에 독자에게 그런 공감을 느끼게 하는 재능이 있다는 생각은 해보지 않았는지? 물론 나는 이러한 초대를 100퍼센트 거절한다. 왜냐하면 그것은 진정한 호의가 아니라 자신의 에고를 충족시키기 위해 나를 들러리 세우는 것에 불과하기 때문이다. 그들의 심심함이나 정신적 공허감을 채워주기 위해 내가 거기까지 가서 즐겁게 해줘야 할 의무는 없다. 소설집 『호텔 이야기』에 수록된 단편소설 「초대받지 못한 사람」에 등장한 재력가와 개그맨의 관계는 그러한 개인적 경험을 기반으로 쓰인 이야기다. 그들은 나를 좋아하는 것이 아니라 나를 불러낼 수 있는 스스로를 좋아하는 것뿐이다.

20

나는 SNS로 대형 서점이나 인터넷서점, 출판사 계정을 보지 않는다. 출판계나 문학계에서 어떤 작가가 베스트셀러를 썼거나 잘나가는지, 어떤 참신한 신인 작가가 등장했는지 그다지 알고 싶지 않다. 들뜬 분위기는 산만하게 만들 뿐이다.

소싯적엔 산만함을 넘어 불쾌함이나 질투 같은 감정

도 느꼈던 것 같다. 하지만 직접 1인 출판사 사업자를 내고 출판 유통이나 마케팅의 기본 맥락을 알게 되고 난 다음부터는 그런 호들갑에 심리적으로 영향받지 않게 되었다. 서점이나 출판사는 책을 팔아야 하는 주체이기 때문에 원래 그렇게 부풀려서 포장을 하거나 축배를 드는 신남을 연출하는 것이 직업적 과제인 것이다. 예전에는 누군가의 신간이 가령 '출간 즉시 2쇄!' 같은 문구로 소개가 되면 괜히 시무룩해지거나 했는데 지금은 일말의 동요도 없다. 그것은 가령 5천 부를 찍어야 하는데 3천 부와 2천 부로 머리 가르마 타듯 나눠 찍으면 출간 즉시 중쇄를 성취하게 되는 말장난이니까. 그럴듯한 출판 마케팅 언어의 현실적 의미를 모를 때는 어쩐지 부럽기도 하고 상대적으로 초라하게 느껴지기도 했는데, 이제는 '모두 참 애쓰고 있구나'라고 덤덤하게 고개만 끄덕이게 된다.

책과 관련한 SNS 계정은 객관적인 성취와 상대적으로 무관한, 동네 서점 계정들 위주로 본다. 동네 서점의 주인들은 주로 개인적으로 선호하거나 서점의 방향성과 맞는 책을 소개한다. 흥미로운 신간들의 출간 소식은 이것만으로도 충분히 알 수 있다. 동료 작가들의 SNS는 대외적 영업을 거의 하지 않는 계정만 최소한으로 팔로한다. 그들은 오늘도 어제와 똑같이 노트북과 커피 사진을 올리거나 아무 생각 없이 의식의 흐름대로 투덜거리고 있다. 그러한 '인스타그래머블'하지 않은 계정들이 가장 재미있다.

저술업 초기에는 불안하기 때문에 같은 일을 하는 사람들과 이야기나 고민을 나누고 싶고, 정보도 교환하고 싶고, 혼자인 것이 적적해 얼마간 사교 활동에 혹하게 된다. 하지만 작가업을 오래하면 할수록 이 특수한 업종은 어디까지나 혼자 헤쳐나가야 하는 직업임을 알게 된다. 독자도 좋고, 동료 작가도 좋지만 근본적으로는…… 그 누구도 아닌 오로지 내가 나를 응원하며 스스로 서고, 앞으로 밀고 나아가야 하는 직업임을 받아들이게 된다. 작가업은 정직하고 야멸차다. 편법과 샛길이 불가능한 업종이다. 좀 더 나은 글을 쓰려고 애쓰고, 딱 그만큼의 고통을 담보로 한다.

21

매번 책을 쓸 때마다 이번 책이 마지막 책이 될지도 모른다고 생각한다. 기왕이면 마지막 책은 폴 칼라니티의 『숨결이 바람 될 때』 같은 걸작 투병 에세이여야 하는데 하고 아쉬워하면서. 그와 동시에 나는 매번 내가 쓴 초고를 수정하려고 다시 볼 때마다 깊은 한숨이 절로 나온다. 초고에는 자신의 가장 유치하고 비루하고 이상한 생각들이 여과 없이 타이핑되어 있어 다시 읽다 보면 '대체 이 쓰레기를 쓴 건 누구?', '왜 나는 이것밖에 안 되는가?'라며 정신이 아득해진다. 당연히 고쳐야 할 부분도 많아서 힘들다.

그렇다 해도 이제 나는 내게 재능이 있나 없나 같은 생각은 하지 않는다. 일단 오늘의 원고를 쓸 수 있을까만을 생각한다. 내가 할 수 있는 유일한 것은 스스로에게 지지 않으면서 남 잘되는 것엔 신경을 끊고 끊임없이 나를 책상 앞에 갖다 놓는 것, 그뿐이다. 그런 면에서 작가업은 예술보다는 차라리 기술직에 가까울지도 모른다.

이쯤에서 이 얘기를 마지막으로 하고 싶다.

이 세상에는 작가 말고도 좋은 직업이 정말 많다. 사실 작가처럼 효율 떨어지고, 요령이 1도 안 통하는 직업이 없다. 솔직히 아주 가끔은 폼 날 때가 있고 남들이 어쩌다 한 번쯤은 멋지다고 생각해주기도 한다. 그러나 그 외 나머지 대부분의 시간은 고되고, 결과가 예측 안 되고, 돈도 안 되고, 자주 오해받거나 욕먹고, 기약 없는 미래에 마음속에는 지옥 바람이 자비 없이 분다. 정신과 육체 건강에 별로 좋지 않은, 오죽하면 최고 단명하는 직업일까.

그러니까 내 마음이 약간 애매하다 싶을 때는 지금이라도 당장 도망치는 것이 좋겠다. 책 같은 것은 쓰지 않고도 이 세상과 나 자신한테 이로울 수 있는 방법은 부지기수다. 하지만 그럼에도 불구하고 나는 죽어도 글을 쓰고 싶다, 쓰지 않고는 견딜 수가 없다, 이런 절실한 마음에 사로잡혀 있는 사람들은 나로서도 말릴 수가 없다. 그렇다면 나와 함께 가늘고 길게 망해보기로 한다.

묻고 답하기

글쓰기 슬럼프

글쓰기 슬럼프를 겪은 적이 있는지.

그럴 때는 어떻게 극복하는지.

아직까진 없었다. 몸이 아파서 물리적으로 쓰지 못하거나 소설을 쓰다가 중간에 전개가 막히는 경우는 있었지만 '글을 쓸 마음이 도저히 나지 않는다' 같은 식의 슬럼프는 없었다. 작가치고는 긴 12년의 직장 생활을 했던 경험 때문에 그런 것 같다. 회사는 가기 싫다고 안 가는 게 아니지 않은가. 일하기 싫으니 이제 그만 조퇴해도 될까요? 이런 거 하면 안 되니까. 소재가 바닥나고 찾아주는 독자도 별로 없다고 느껴지면 슬럼프가 오지 않을까 싶기도 하지만, 이제는 '내 사전에는 슬럼프를 없게 해야 한다'는 생각이 간절하다. 더 이상 젊지 않기 때문에 체력이 조금이라도 받쳐줄 때 많이 써야 한다는 절박함을 느낀다. 그래서 슬럼프를 허용하고 싶지 않다.

작가 무라카미 하루키의 영향

에세이 『자유로울 것』에서 무라카미 하루키의 문장을 느꼈다. 혹시 그의 영향을 받았는지. 좋아하면 닮는 법인지.

무라카미 하루키에 대해 내가 쓴 에세이 『어디까지나 개인적인』을 읽어보면 알겠지만, 영향을 받은 정도가 아니라 사실상 그 사람 때문에 지금 글을 쓰는 일을 한다고 보면 된다. 작가 지망생은 아니었지만 글을 쓴다면 이 작가처럼 쓰고 싶다고 생각했고, 회사를 그만두고 저술업을 본업으로 하게 된 다음부터는 무라카미 하루키의 행보가 꾸준히 페이스메이커가 되어주었다. 현재 칠십대 중반인 그가 지금도 꾸준히 책을 내고 있기 때문에 나도 모르게 따라 하는 것 같다. 그 작가가 중간에 책 쓰는 것을 멈추고 은퇴했다면 나도 도중에 멈추고 다시 회사로 돌아갔을지도 모른다.

좋아하면 닮느냐고? 많이 읽으면 아무래도 문체에 영향받는 부분이 있다. 애초에 삶의 가치관 부분에서 비슷한 점이 많아서 좋아하게 된 것도 있으니. 그래서 따라한다는 소리를 들어도 전혀 기분 나쁘지 않다. 나는 무라카미 하루키의 단편소설들을 좋아하는데, 160편 정도 중에서 특히 좋아하는 50편 정도는 열 번 가까이 읽었다. 소설 작업을 할 때나 원고가 중간에 막히면 주로 그의 단편 소설을 반복해서 읽는 편이다. 그러면 머릿속이 다시 정돈이 된다. '아, 내가 이런 글을 쓰고 싶었지'라고 환기가 되는 기분이다.

엄밀히 말해서 글쓰기는 가르칠 수가 없는 영역이라고 생각하는데 그래도 글쓰기를 배울 수 있는 가장 좋은 방법은 내가 좋아하는 작가의 작품을 반복적으로 읽으면서 문장을 씹어 먹다시피 소화하는 것이라고 생각한다. 글을 읽으면 글을 쓰는 방식을 저절로 깨친다. 호흡, 리듬, 톤, 온도, 습도, 기법 이런 것들이 계속 읽다 보면 다 보이고 어느덧 내 것이 되어간다.

고통의 경험이라는 자양분

글을 쓰려면 내 안에 무언가가 많아야 한다고 했는데, 내 안을 채우는 방법은 무엇이고, 또 그것을 길어 올리는 방법은 무엇일까.

너무 당연해서 말하기도 민망한데 책을 많이 읽고 경험을 많이 하면 좋겠다. 여기서 말하는 '경험'은 세계 여행의 경험 같은 것이라기보다 개인에게 닥친 고통의 경험에 가깝다. 사람이 살면서 고통은 피해갈 수가 없는데 실망, 좌절, 고통, 실패…… 이런 경험들을 내가 어떻게 직시하고 끌어안고 다시 털고 일어나 걸어갔는가, 에 대한 경험치를 말한다. 여기서의 차이가 한 사람의 가장 선명한 개성과 사유를 만들어간다고 생각한다.

여러 경험들을 통해서 자신의 확고한 생각을 가지게 되었다고 해도 동시에 모든 것은 불확실하다는 생각의 여지를 남겨놓아야 할 것이다. 작가는 자기 소신이나 주관이 있어야 하지만 단정 짓고 결론짓는 사람들은 아니다. 흐릿한 부분은 흐릿하게 남긴 채 그 모호성을 있는 그대로 관찰하는 사람들이 글 쓰는 사람이 아닐까.

또한 사랑도 가급적 많이 하면 좋을 것이다. 사랑을 해야 타인에게 깊은 관심을 가지고 인간에 대해 생각해볼 수 있는 계기가 주어진다. 저 사람은 지금 무슨 생각을 하는 거지? 왜 그럴까? 인간에 대한 보편적인 생각은 사랑으로부터 비롯된다. 그리고 여러 가지가 안에서 채워지면 글을 씀으로써 길어 올리면 된다. 안에서 충분히 숙성되어서 쓰지 않고는 못 견딜 것 같다. 안에서 터질 것 같다 싶을 때 길어 올려야 글이 시원하게 일사천리로 나올 것이다.

글 쓰는 사람의 일과

직장 다니듯 글을 쓴다고 했는데, 하루 일과가 궁금하다. 글도 쓰고, 아이도 챙기고, 운동도 하는 등의 루틴을 어떻게 관리하는지.

아침에 일어나서 가급적 오전 중 서너 시간을 일하려고 한다. 단편소설을 수정할 때를 예로 들면, 일을 많이 하면 하루에 A4 세 장 수정한다. 세 장 수정하는 데 대략 세 시간이 걸린다. 몸 컨디션이 별로면 두 장 한다. 시간이 순식간에 간다. 원고 수정처럼 완전한 집중력이 필요한 것은 세 시간이 적정선인 것 같다. 거기에 머리를 덜 쓰는 일을 추가로 두어 시간 할 수 있다. 그 외엔 가사 일을 슬렁슬렁 하고 글쓰기를 위한 유산소운동(달리기)을 하고 자기 전에는 주로 책을 읽고 종종 SNS와 넷플릭스도 본다. 보고 싶은 영화가 개봉하면 영화관에 간다. 주말 이틀 중에 하루는 일을 하는 편이고 주중에 쉰다면 수요일 정도를 느슨하게 보내는 편이다.

고유성과 대중성

자기의 고유성을 잃지 않으면서 대중한테 잘 다가가는 법에 대해서 궁금하다.

개성이 강하다 보면 소수의 마니아층 팬들 위주로 어필하게 되는데 그러다 보면 조금 더 대중적으로, 큰물로 나가야 하나 고민이 들 것이다. 그러기 위해서 스스로 변화를 도모하고 기존에 지키고 있던 무언가를 무너뜨려야 할 수도 있다. 하지만 자기가 지키고자 하는 가장 본질적인 지점은 마지막까지 지켜야 하지 않나 싶다. 핵심은 지켜내면서도 확장할 수 있는 부분에서 확장을 시도해보는 세심한 접근이 필요하다.

변화를 도모하느라 자신의 고유한 본질을 잘 지켜내지 못하면 그게 거꾸로 사람들에게 좋지 않은 모습으로

보여지게 될 것 같다. 그러니 우선은 스스로 보기에 자신
이 가장 마음에 드는 상태를 파악하고 그것을 보존할 수
있어야 한다. 그것은 내가 나로 살아갈 수 있도록 해주는
최소한의 경계선이다. 경력이 쌓이면 자연스럽게 변화를
주거나 더 다양한 사람들에게 다가가게 되는데 자신의
내면이나 결이 주변에 휩쓸리지 않을 만큼 단단해졌기
때문에, '여유'가 생겨서 그럴 것이다.

이런 식으로 계속
글을 써야 하는가

직장인이고 독립출판으로 책을 두 권 냈다. 다음 책도
쓰고 싶은데 돈이 벌리거나 이름이 널리 알려지지 않
은 채로 직장도 다니면서 계속해야 하나 고민이 된다.
마치 붙지도 않을 공무원 시험 공부를 너무 오래 붙들
고 있는 것 같아 어떨 땐 누가 말려주면 좋겠다.

변화를 줘보면 좋겠다. 이번에는 전문성을 갖춘 편집
자, 내 글을 냉철하게 판단해줄 수 있는 출판사를 통해서
내보는 것이다. 독립출판으로만 계속 내면 현재 내가 어

디에 서 있는지 모호한 기분이 들 수 있다. 표현 욕구 때문에, 내 만족 때문에 내가 좋아서 글을 쓰는 것도 하루 이틀이다. 글을 쓴다는 것은 다른 사람들이 읽어주고 정직한 평가를 받음으로써 일련의 과정이 완성된다.

옆에서 지켜봐주고 참견해주는 사람이 필요한 시점이다. 더 나은 글을 쓸 수 있도록, '아마추어'로 안주하지 않도록 자극을 줄 수 있는 전문가가 필요하다. '난 직장인이니까 이 정도면 훌륭하지'라며 여지를 주지 않고 '저자'로서 가혹함의 시험대에 서는 것. 그러면 누가 옆에서 말리지 않더라도 스스로 깨닫게 될 것이다. 나는 글을 통해 무엇을 진정으로 구하고 있었는지를.

출판사 투고의 법칙

만약 그렇게 출판사에 투고 등을 했을 때 잘 안 되면
어떡하나.

우선은 한 다리 건너서라도 출판계에 지인이 있다면
내가 쓴 원고를 검토해달라고 해야 한다. 누구한테 부탁

하는 것 자체가 지는 기분이거나 부끄럽다 싶으면 그만 큼의 열의가 없는 것이다. 혹은 '아픈 코멘트'가 돌아올 것에 미리 겁먹는 걸 수도 있다. 하지만 아프더라도 들어야 한다.

참고로 출판사들은 일반 투고를 거의 제대로 검토하기 힘들다고 보는 편이 낫다. 출판사 편집자들이 너무 바쁘기 때문이다. 또한 투고 온 원고를 검토하는 시간보다 먼저 가능성 있는 저자들을 찾아 나서는 것이 출판사 입장에서는 효율적이기 때문이다.

우선 시장조사를 해야 한다. 대형 서점의 매대에 가서 인상 깊게 읽은 책, 잘 만들었다고 감탄한 책, 자신이 내고자 하는 책과 유사해 보이는 책들을 선별해서 판권 페이지를 펼친다. 판권 페이지에 적힌 이메일주소로 출간기획서와 책 원고의 3분의 2에 해당되는 분량의 샘플 원고(대략 A4 50여 장)를 보낸다.

원고보다도 출간기획서가 어쩌면 더 중요하다. 유능한 편집자라면 그 한 장만 보아도 이 원고가 검토할 만한 가치가 있는지 없는지 알 것이기에. 사실 출간기획서는 보통 편집자가 내부 보고용으로 만든다. 그걸 만들어야 하는 이유는 출판사 편집자에게 샘플 원고를 모두 읽어볼 시간과 여유가 없기 때문이다. 한 장의 출간기획서가 흥미를 당겨야 비로소 샘플 원고를 몇 장이나마 펼쳐볼 것이다. 또한 출간기획서를 잘 만든다는 것은 편집자가 내부 보고할 때의 수고를 덜어주는 일이다. 한편, 샘플 원고도 가급적 많이 보여주는 것이 편집자를 안심시키겠지만 질적으로도 어느 정도 수준을 충족시켜야 한다. 사실 샘플 원고 한두 페이지만 읽어봐도 뒤이어 볼지 말지 편집자들은 알 수 있다.

출간기획서 한 장 안에는 다음의 내용들이 포함되어 있어야 한다.

- 이 책의 가제목과 콘셉트
- 이 책의 주 독자층과 2차 독자층
- 이 책의 주 내용 요약
- 지향하는 유사 도서('이런 책을 내고 싶다'의 표본)
- 이 책의 셀링 포인트/차별적 우위 (어떤 점이 다르고 어떤 점에서 나은가)
- 간단한 저자 소개 : 매체 기고 경력이나 글 관련 수상 경력 등

초면에 출판사 편집자에게 말하거나 쓰지 말아야 할 내용도 있다.

- 검토하는 데 시간은 얼마나 걸리나?(당신은 우선순위가 아니다.)
- 내가 전화로 내용을 간단히 설명해주겠다.(원고를 보면 다 안다.)
- 나는 아는 사람도 많고 SNS 팔로워 수도 많다.(그래서 뭐? 그들이 책을 다 사줄 거라고 정말 생각하는가?)
- 내 주변 사람들이 책 몇 부를 사줄 것이다.(불필요한 장담이나 자랑은 미끼 같아 기분이 나쁘다.)
- 다른 출판사와 비교하는 말.(예: 마케팅은 어떻게 진행하실 예정인가요.)

한편, 예전에는 투고 원고를 보내거나 블로그에 열심히 글을 쓰면 편집자가 읽거나 찾아보고 계약을 해서 책을 내는 경우가 대부분이었지만, 요즘은 첫 책부터 어느 정도의 판매를 기대하기에, 이미 SNS에서 이삼십대에게 유명한 인물이나 독립출판물을 내본 경험이 있는 저자를 눈여겨보는 편집자들이 많다. 역량이 된다면 블로그나 브런치, 투고 원고에 에너지를 쓰기보다 독립출판으로 먼저 책을 내서 필력을 선보이고 그 뒤에 그 책을 기반으로 한 원고를 일반 출판사에 투고하는 방식이 서로 일하기 편할지도 모른다.

나의 경우는 2002년도의 상황이라 지금과는 다르지만, 당시 신문에 연재 칼럼을 쓰고 있는 상태에서 서른 곳 정도 출판사를 추린 후 내 쪽에서 투고를 하고 그중 두세 곳에서 출간 제안을 받았다.

엄마로 살아가기와
글쓰기 슬럼프

그간 사회생활하면서 글쓰기로 힘든 것을 이겨내며 살았다. 지금은 결혼하고 두 아이를 키우면서 프리랜서로 가끔 글을 쓰는데, 글쓰기 슬럼프가 너무 길어지고 있다. 육아로 지치다 보니 글 쓰는 일이 자꾸 막힌다. 3년 전에 첫 책을 내고서 공백도 길어져서 걱정인데 시간이 참 안 난다. 글쓰기 공백이 길어지면 안 된다는데 이 슬럼프를 어떻게 극복하면 좋을까.

예전에 한 강연에서 김영하 작가님한테 여쭈었다. '단편소설집만 내봤는데 장편소설에 도전하고 싶다. 그런데 지금 어린아이를 키우고 있어서 힘에 부친다. 집중력을 깊이 오래 유지해야 하는 장편소설을 대체 어떻게 쓸 수 있을까'라고. 반쯤은 하소연이었다. 그는 이렇게 대답했다.

"양귀자 작가님이 예전에 똑같이 가정을 돌보느라 바빴는데, 매일 점심시간 30분만 소설 쓰기에 할애하기로 결심했고 그것이 누적되어 소설 『모순』이 나왔습니다."

당시 김영하 작가님이 적당히 듣기 좋은 응원과 위로를 건네지 않고 건조하고 냉철하게 팩트를 짚어준 것은 나를 진정으로 위하는 배려였다.

당근도 채찍도 아닌 건조한 팩트를 듣고 '아 그냥 하는 것(just do it) 말고는 역시 방법이 없구나' 싶었다. 그 방법은 저마다 다를 것이고 어떻게든 자신에게 맞는 방법을 찾아내는 것도 자신의 몫이다. 그리고 간절히 원하면 어떻게든 그 방법을 스스로 찾을 것이다.

한편으로는 혹시 당위에 사로잡혀 '글을 써야 하는 것 아닌가'라고 생각하는 걸 수도 있다. 나는 주저앉지 않았고 계속 성장하고 있어, '엄마'가 아닌 '나'도 잃지 않고 있어, 라고 외치고 싶은 마음이랄까. 하지만 내심은 '난 더 이상 글 쓰고 싶지 않아'일 수도 있다. 나는 진심으로, '지금 글을 쓰고 싶은가?'라는 질문에 대해서는 적어도 자기 자신만큼은 정직해야 한다고 믿는다.

요즘 둘러보면 사람들이 책 쓰는 것에 너무 의미를 과대 부여하는 부분이 있다. 소위 셀프 브랜딩의 시대에 자기 이름으로 나온 책 한 권 없으면 뭘 할 수 없다고 생각하는 분위기가 나는 정말 이상하다고 생각한다. 책 한 권으로 인생이 획기적으로 달라지는 것도 아니고 자아실현하는 것도 아니다. 사실은 별로 쓰고 싶은 얘기도 없고 쓰고 싶은 마음도 없는데 써야만 할 것 같다는 생각에 사로잡혀 있는 것일 수도 있다. 그 부분의 진실은 오로지 자신만이 알 수 있을 것이다. 뭔가를 정말로 쓰고 싶은 게 있으면 쓰게 될 것이다. 한번 써본 사람이니까.

누구한테 하소연한다고 글이 써지는 것도 아니다. 그저 아무 말 없이 앉아서 쓰는 것 말고는 방도가 없다. 동기부여는 내 안에서 일어나야 한다. 그렇게 그냥 써야 하는데 쓸 게 없다면? 그건 쓰고 싶은 게 없으니 쓰고 싶지 않은 것이다. 그러면 쓰지 말아야 한다. 쓰고 싶은 게 분명히 있다면 그 무엇도 변명이 될 수 없다. 그저 쓰기 위한 시간과 에너지를 다른 데서 그만큼 빼와야 한다.

대필 작가에서
벗어나야 하는가

대필 작가로 오래 일했는데 사람들은 '내 책'을 쓰라고 한다. 하지만 대필 작가를 하면서 남의 이야기를 쓰는 일에 대한 자격지심은 없었다. 나처럼 소심한 사람은 이름을 드러내고 쓰는 일이 훨씬 어렵다. 하지만 한편으로는 내 이름 석 자가 박힌, 잘 쓴 책 한 권 정도를 가져도 의미가 있을 것 같다. 어떻게 생각하는지.

대필 작가만 하는 건 아깝다, 내 이름을 단 책이어야 의미 있다고 생각하지 않는다. 자아실현으로서의 글쓰기도 일부 있겠지만, 근본적으로는 모두가 저마다 하나의 엄연한 직업이자 프로페셔널의 세계인 것이다. 특정 글의 장르나 방식이 비하받을 이유는 없다. 타인의 평가나 기대에 부합하기 위해 그 일을 할 필요는 없다.

생업으로서 대필 작가 하는 것과는 무관하게, 쓰고 싶은 책 한 권 분량의 이야기가 있다면 써보면 된다. 대신 이렇게 글을 오래 썼는데 적어도 내 이름이 박힌 책 한 권쯤은 있어야지, 같은 관점으로 접근한다면 책을 쓰면서 스스로가 불편하고 부자연스러워질 것이다. 남들의 이야기에 귀를 닫고 마음 가는 대로 하시라. 글만큼은 그렇게 해도 된다.

삶의 선택은 어떻게 이루어질까

1

선택이라는 단어가 얼마나 개념의 폭이 넓은지를 화두로 정해놓고 스스로 놀라고 있다. 우리는 살면서 매 순간 선택을 하며 살아가고 있지 않은가. 그렇다면 선택이라는 것을 분류해서 조금 더 구체화해보기로 한다.

첫 번째는 일상의 선택.
두 번째는 라이프스타일의 선택.
마지막으로 인생의 선택.

2

'일상의 선택'은 뭘까? 말 그대로 일상 속에서 우리가 내리는 작은 선택들이다. 오늘 점심 뭐 먹을까? 지하철 탈까 버스 탈까, 택시 탈까? 이 책을 사서 볼까, 기다렸다가 도서관에서 빌려볼까? 그런 것들. 이런 선택들은 그렇게 어렵지 않고, 실패해도 무해한 것들이다. 하지만 이런 선택들이 누적이 되면 습관이 되고 루틴이 된다.

일상의 선택에서 잘못된 선택을 내리는 것은 대세에 지장이 없어 보인다. 이번에 이런 선택을 해서 결과가 좋지 않았으면 다음번엔 다른 선택을 할 수 있는 여지가 충분히 있다.

나는 일상의 선택에서 오락가락 헷갈릴 땐 동전 던지기를 하거나 친구에게 물어본다. 동전 던지기를 해서 앞면이 A, 뒷면이 B라고 했을 때 A가 딱 나와버리는 순간, 즉각적으로 느끼는 감정이 내가 무엇을 진심으로 원하는지를 알려준다. '그래, 이거지!'인지 '으악!'인지. 약간의 거부감이라도 들면 그 선택은 내가 원치 않는 것이다. 친구도 내 속마음을 투영해주는 거울이다. "어떻게 생각하니? 그 사람 만날까 말까?"라고 물었을 때 "아유, 만나지 마라"라고 했을 때 속에서 뭔가 울컥한다면? 내심 만나라고 등 떠밀어주길 바랐던 것이다. 다시 말해 일상의 선택이란 동전 하나가, 혹은 가까이 있는 누군가가 한번 반응해주는 것만으로도 내 진심이 원하는 선택을 알 수 있는, 그런 정도의 선택이다. 나는 친구가 저 질문을 하면 항상 만나라고 등 떠미는 사람이지만.

3

'라이프스타일의 선택'은 의식주와 관련된 선택인데 이것들이 쌓이고 누적되면 취향이 된다. 라이프스타일 선택의 경험이 쌓일수록 취향이 점점 견고해지는 셈인데, 나도 많은 부분 어느 정도 틀이 잡혀 있다.

의衣

우선 옷에 대해서는 아무래도 하루 대부분의 시간을 차지하는 직업을 따라가는 부분이 있다.

첫 직장이 호텔이라 오히려 사회 초년생일 때 정장 차림을 했다. 실크 블라우스에 치마, 올림머리와 하이힐, 진주 귀걸이가 기본이었다. 그 후 광고회사에선 바지 정장 차림을 주로 하다가 그 이후부터는 캐주얼한 옷차림에 정착했다. 옷에 허락하는 무늬는 줄무늬나 체크무늬 정도이고 옷 색상도 검정, 흰색, 네이비와 베이지색의 무채색 계열로 입는다. 가끔 포인트로 올리브그린이나 초록색을 입기도 한다. 소재는 면과 울. 무엇보다도 옷 가짓수가 많지가 않다. 나와 정말 어울리는 옷들만 최소한으로 남겨놓는다. 액세서리도 일절 하지 않고 매니큐어도 하지 않은 채 손톱은 늘 짧게 자른다. 긴 머리를 30년째 고수하고 있는 부분이 조금 부끄럽긴 하지만, 최근 〈에브리씽 에브리웨어 올 앳 원스〉의 양자경의 긴 머리 모습을 보고 용기를 얻었다.

주住

주거는 갈색과 초록색의 조합을 지향한다. 바닥이나 가구에 가급적 나무 소재를 많이 사용하고 실내에서 식물을 많이 키운다.

리스본에서 묵었던 '호텔 다 바이샤Hotel da Baixa'. 초록색 외관에 첫눈에 반했다.

호텔을 고를 때도 모던한 느낌보다는 삐걱거리는 나무 바닥이 있을 것만 같은 빈티지한 느낌을 좋아한다. 단정하게 가꾼 정원이 딸린 호텔보다 숲을 그대로 이웃한

짙푸른 나무들로 빼곡한 호텔들을 사랑한다. 대체 왜 그럴까? 사주에 불 화火가 네 개인데 정작 불을 지펴주는 나무 목木은 하나도 없어서, 그래서 내가 나무에 본능적으로 끌리는 건가?

러닝하면서 나무가 있는 풍경을 자주 찍는데, 이런 풍경들이 아름답다고 생각하고 찍은 걸 보면 정말 나무를 좋아하는구나 싶긴 하다. 달력도 옷차림도 아닌, 계절을 가장 정확하게 알려주는 건 언제나 나무들. 신의 가장 올곧은 피조물이기도 하다.

식食

식생활의 경우 관심이 많지 않은데, 식재료를 많이 사서 쟁여두는 타입은 아니고 그때그때 필요한 것만 조금씩 사는 손이 작은 타입이다. 맛있는 음식을 거부하진 않지만 일부러 찾아다니는 미식가와는 거리가 멀다. 사람의 감정에 관심이 많은 이들은 대개 음식에 관심이 덜하다는 개인적 편견이 있다.

라이프스타일 선택은 무엇이 나를 기쁘게 만드는지 무엇이 내게 어울리는지를 경험 누적을 통해 알게 되면 자연스럽게 정리가 되어간다. 쇼핑도 빨리 하게 되는데 호불호, 자기한테 뭐가 어울리는지 안 어울리는지를 알기 때문인 것 같다. 간혹 익숙한 것에만 안주하지 말고 새로운 변신을 해야 한다, 같은 이야기가 있는데 그것은 대개의 경우 시간과 에너지 낭비인 경우가 많다. 변화나 도전은 좀 더 의미 있는 일에 공을 들여 쓰여야지, 그게 아니면 잠깐 동안의 기분 전환에 그칠 것이다. 일상의 권태를 해소하기 위한 변화의 시도는 조금 공허한 것 같다.

4

마지막으로 '인생의 선택'은 조금 더 무게가 있는 개념이다. 나의 가치관, 욕망, 본질, 두려움과 불안을 되돌아보게 만드는 어떤 선택. 내면에서 지옥 바람이 부는 어떤 고통스러운 선택. 어떤 진실에 도달하기 위한 몸부림 같은 선택. 어떡하지, 이걸 어떻게 해야 되나, 뼈저리게 고민하는 어떤 선택들.

그렇다고 해서 객관적으로 큰 사안들—가령 진학, 취업, 결혼 등—에 대해서 매번 우리가 심각하고 무겁게 고민을 하는 건 아니다. 어떤 선택과 결정 들은 때로는 물 흐르듯이 자연스럽게 이루어지고 만다. 그냥 그러고 싶으니까, 힘든지도 모르고 성큼 나아가는 것이다. 나의 경우 연애나 이직은 그랬던 것 같다. 사랑하는 것과 사랑받는 것 중 무엇이 더 행복한가. 나는 이에 대해 고민할 필요도 없었다. 나는 사랑을 '하는' 일에 더 큰 기쁨을 느끼는 사람이고 사랑받아도 내가 그 사람을 사랑하지 않으면 의미가 없었다. 이직에 대해서도 내가 이 회사에서 더이상 경험하거나 배울 것이 없다고 생각되면 이직하는 것에 크게 주저하지 않았던 것 같다. 무엇보다 결혼은 특히 더 물 흐르듯이 자연스럽게 하게 되었다. 만난 지 3주만에 바로 청혼받아서 결혼했고, 아무것도 따지지 않고 그저 좋아하는 사람과 결혼하는 게 당연하다는 마음이 있었다.

돌이켜보면 결혼 당시 했던 선택 하나가 그 후 인생에 결과적으로 큰 영향을 미쳤다. 스물아홉 살이던 그 무렵 나는 회사에 다니면서 작은 아파트 한 채를 살 정도의 목돈을 모아두었다. 급하게 결혼이 결정되자 처음에 결혼에 반대했던 엄마는 내게 부랴부랴 당부했다.

"너 돈 있는 거 절대 티내지 마. '저쪽 집'엔 절대 모르게 해. 이 결혼 어떻게 될지 모르니까."

돌아가신 엄마는 마키아벨리적인 현실주의자였다. 애플TV 드라마 〈파친코〉에서도 선자 엄마가 남편 따라 일본으로 건너가는 선자한테 쌈짓돈을 몰래 주면서 비슷한 얘기를 한 바 있다.

"너 이거 갖고 있는 거 너만 알아야 돼."

그 장면을 보며 엄마 마음 다 똑같구나, 생각했는데, 이 무정한 딸내미 선자는 앞에서는 "어, 알았어" 해놓고 돌아서서는 그 돈 주변에 내주는 바람에 내가 웃었더랬다. 실은 나도 엄마한테 알았다고 해놓고서는 돌아서서 그 돈으로 아예 신혼집을 사버렸으니까. 엄마의 조언대로 그 돈의 존재를 숨겼더라면 우리는 월세나 전세로 신접살림을 시작했을 것이다. 빼도 박도 못 하게 '사랑의 증명'을 하고 싶어서 처음부터 그냥 집 매매를 하기로 결정한 과감했던 나는 그 일로 엄마에게 호되게 질책을 받았다. 그러나 당시의 무모한 열정 덕분에 한심하리만큼 재테크 문외한이던 우리 부부는 결과적으로 부동산 상승세의 막차를 타게 되었던 것이다……

5

인생의 선택은 직진, 절충, 그리고 내려놓음이라는 크게 세 가지 형식으로 결단이 내려지는 것 같다. '직진'의 결단을 되새겨보기로 한다.

첫 소설집 『어떤 날 그녀들이』를 둘러싼 이야기다. 그 책이 베스트셀러가 된 다음 편집자가 대필을 했다는 소문이 돌았다고 앞서 쓴 바가 있다. 나는 왜 그런 소문이 생겼는지 그 이유는 어렴풋이 알 수 있었다.

첫 소설은 누구에게나 어려운 일이다. 어두컴컴한 동굴을 팔로 허공을 휘저으며 조금씩 걸어가듯 작업했다. 그래도 어찌어찌 쓰고 수정해서 초고를 출판사에 넘겼다. 하필 그 시점에 나에게 소설 집필을 제안한 편집자는 그 출판사를 그만두었고, 그의 상사 격이 되는 직급이 높은 다른 편집자가 내 원고를 담당하게 되었다. 나는 차분히 그분의 검토를 기다렸다. 수정 요구 사항이 오면 다시 또 열심히 작업하겠노라 다짐하면서.

마침내 검토가 끝난 초고 파일이 돌아왔다. 두근거리는 마음으로 메일함을 열어보았다. 빨간색으로 표기된

'수정 요망' 부분 등 고개를 끄덕거리며 페이지를 넘기다가 낯설고 겉도는 페이지 앞에 당도했다. 내가 전혀 본 적이 없는 글이 A4 서너 페이지에 걸쳐서 들어가 있었다. 이게 뭐지? 잠시 혼란스러웠다. 편집자가 내 단편소설 중 하나에 자신이 직접 글을 써서 집어넣은 것이었다. 그 사실을 자각한 순간 머릿속이 하얗게 되면서 이내 머리가 터질 것만 같았다. 편집상의 수정이나 매만짐이 아닌 타인의 글이 내 글 안에 날것 그대로 한 움큼 들어가 있는 것은 표현이 격하지만 마치 몸이 섞이는 것을 강제로 당한 기분이 들게 했다. 내가 쓰지 않은 글이 서너 페이지에 걸쳐서 천연덕스럽게 들어가 있었는데 그분은 그에 대해 일언반구도 없었다. 핏기가 가신 얼굴에 눈물만 하염없이 흘렀다. 이메일이나 초고 본문에 '혹시 이런 장면을 보태면 어떨까 싶어서 예시로 한번 넣어봤다' 같은 한마디라도 있었으면 그래도 참거나 마음의 준비를 할 수 있었을 것이다. 아무 사전 고지 없이 그랬다는 것을 대체 어떤 의미로 받아들여야 하는지 알 수 없었다. 가장 좋게 해석해서 내가 민망해할까 봐 그랬다고 해도, 한편으로는 내가 얼마나 만만했으면 그랬을까 싶어 울컥했다.

편집자가 삭제나 수정을 요청하면 나는 대부분의 경

우 그 제안을 따른다. 하지만 이렇게 완전히 새로운 글을 편집자가 써서 덧붙여 넣는 것이 과연 있을 수 있는 일인가? 지금 같으면 당장 연락해서 이게 무슨 짓이냐고 항의를 했겠지만 그때의 나는 신춘문예나 문예지로 등단을 하지 않아 첫 소설을 굉장히 어렵게 내는 '신인'에 불과했다. 처음으로 쓴 소설이라 내가 쓴 것에 확신도 부족했다. 한마디로 작가로서 취약한 상태라 행여나 이에 대해 뭐라고 이의 제기를 하면 '그러면 소설 출간은 없던 일로 하자'라는 얘기를 듣게 되는 것이 아닐까 공포에 질려 있었다.

며칠을 무거운 머리를 끌어안고 결국 내가 선택한 것은, 그가 덧붙인 원고 서너 장을 삭제하고 그 외 수정 사항을 다 반영한 후 그 수정 원고를 다시 그에게 보낸 것이다. 원고를 넘긴 후 그는 아무 말도 없었다. 책은 무사히 출간되었고 전혀 기대하지 않았는데 독자들의 많은 사랑을 받았다.

한데 당시 내가 한 또 하나의 선택은 그가 덧붙인 글을 '다' 삭제하지는 않은 것이다. 나는 서너 페이지에 걸친 그의 흔적 중, 가장 '아무 말' 부분인 단 한 문장만을 원고에 그대로 남겨두었다.

'흐드러지게 핀 사월의 벚꽃을 본 적이 있는가?'

그때 왜 그랬을까. 편집부에서 높은 직급에 있는 그분이 손수 써넣은 글을 야멸차게 다 삭제해버리면 보복을 당할지도 모른다는 두려움, 취약했던 내가 완전히 떨쳐내지 못한 권위에 대한 두려움이 1퍼센트 남아 있던 것이다. 인쇄가 되고 나서 왜 그 한 줄을 굳이 남겨두었나 자책했다. 하지만 한편으로는 그런 오욕의 흔적이 남아 있기 때문에 그걸 볼 때마다 정신 똑바로 차리고 있어야겠다는 생각을 하게 되었다. 그것은 완전한 용기를 내지 못한 내가 평생 짊어지고 가야 할 인장이었다.

만약 그때 나의 것이 아닌 글이 서너 페이지에 걸쳐서 들어간 채로 첫 소설이 출간되었으면 어떻게 되었을까? 나는 아마 작가로 남아 있지 못했을 것이다. 그것 하나는 분명하다. 책이 잘되든 안 되든 스스로를 평생 용서하지 못했을 것이다. 하지만 모든 것이 두렵고 그저 첫 소설만 무사히 내기를 바라는 열망에 흔들렸음에도 끝내는 내 마음을 따라 분노하고 거부했다. 이 '직진'의 선택은 내 저술업 인생에서 가장 잘한 선택이었다.

6

2005년에 다니던 회사를 그만두고 전업으로 글을 쓰게 되면서 몇 년간은 닥치는 대로 칼럼과 에세이를 썼다. 2000년대 후반 즈음엔 종편 TV 채널이 다수 생기면서 토크프로그램이나 예능프로그램에서 고정 게스트 제안이 들어왔고 엇비슷한 시기에 대중 강연 일들도 조금씩 들어오기 시작했다. 마침 내가 앞으로도 계속 책을 쓰면서 먹고살 수 있을까 고민했던 시점이었다.

하여 크게 나눠보면 당시의 내 일은,

1. 글쓰기
2. 방송
3. 강연

이렇게 세 가지 영역에 걸쳐져 있었다. 당시 프리랜서로서 내 정체성에 대한 의문을 많이 가졌다. 뭔가 이도저도 아닌 것 같고, 내가 뭘 원하는지 모르겠고, 뭘 가장 잘하는지도 모르겠고, 직장인 기질이 아직 남아 있었기 때문에 타인한테 인정받는 것도 여전히 중요했다. 다

만 아이가 아직 어려서 육아로 인해 시간적 여유가 없다
보니 위의 세 가지를 모두 병행하기엔 힘이 들었다. 한 영
역을 메인으로 선택해서 집중해야겠다고 생각했다. 각기
일장일단이 있었다.

방송은 한 번 출연하면 돈은 가장 많이 받는다. 그런
데 녹화 시간이 너무 길어서 최소 열 시간이고 길면 열여
섯 시간을 넘어 하루 종일 촬영해야 할 수도 있다. 그러
니 받는 만큼 시간과 에너지를 쓰는 셈. 방송에 나가는 것
이 당시로서는 가장 이름을 쉽게 알릴 수 있는 방법이었
다. 그러나 동시에 내가 원하지 않은 방향으로 유명해질
수 있다는 것이 문제였다. 나는 주로 거침없는 돌직구를
던지는 센 언니 캐릭터로 섭외를 받았고 자극적인 것을
원하는 방송의 습성상, 그런 멘트를 던지는 것을 요구받
았다. 나는 그런 사람이 아니라구요, 라며 내가 하고 싶은
이야기를 방송에서 한들 소용이 없었다. 제작진들은 자
기들이 원하는 그림에 맞는 멘트만을 살릴 뿐이었다. 아
무리 이름이나 얼굴을 알린들, '내가 아닌 나'로 알려지
는 것이 과연 좋은 일인가. 일단 유명해지는 게 중요한 것
인가? 아니 애초에 유명해지는 것이 좋은 일인가?

강연의 경우는 시간 대비로 치면 수입은 괜찮은 편이지만 강연을 더 많이, 전문으로 하는 길로 나아가게 되면 상황은 조금 달라진다. 그렇게 되면 동기부여나 자기계발과 관련된 내용으로 강연을 해야 '강연으로 먹고사는' 수준이 되는데, 문제는 삶의 태도에 대한 이야기를 좋아하면서도 나의 강연 태도는 '나는 그 사안에 대해 이렇게 생각하지만 그건 어디까지나 내 생각일 뿐이야', '노력한다고 다 되는 건 아니지'처럼 전혀 흥을 주지 못하는 방식이라는 것이다. '당신도 할 수 있어! 나를 믿어!' 같은 신바람이 있어야 하는데 도저히 불가능했다. 그것은 내가 일이라고 생각하고 연기를 한다고 해도 '내가 아닌 나'를 바라봐야 하기 때문에 괴로운 일이었다. 게다가 강연을 주로 한다는 것은 말을 많이 해야 하는 것인데 나는 말을 많이 하는 것을 별로 좋아하지 않는 사람이고 특히 하나 마나 한 말을 하는 것을 좋아하지 않았다.

마지막으로 글쓰기는 노력 대비 일반적으로 수입이 적거나 불투명하고, 과연 계속 쓸 소재가 있을지도 불분명하다. 매년 사상 최고의 출판 불황을 갱신 중이기도 하다. 한데 그 일을 하면서 마음은 가장 편했다. 아무도 내게 이래라저래라 하지 않고 내 앞에 보이는 누군가를 기쁘게 하기 위해 나답지 않은 모습으로 애쓰지 않아도 되었다. 하지만 겨우 한 줌의 전업 작가들만이 먹고살 수 있을까 말까 한 그런 협소한 분야인 것만은 분명했다.

이 세 가지 방향들 사이에서 당시 나는 어느 한쪽에 중점을 두면서 가야 하는 것 아닌가 하고 전직 마케터답게 SWOT 분석(강점, 약점, 기회, 위기 등을 분석한 도표)까지 그려가며 깊은 고민에 빠졌다. 결론은 머리가 계산해주는 이익보다 마음의 이끌림을, 다시 말해 직관을 따라 가보기로 했다. 대신 너무 극단적으로 하나만을 중점적으로 하기보다 다른 일들을 병행할 수 있는 여지를 두면서 가기로 했다. 그리하여 나온 해답은―

'글쓰기를 중심으로 하되, 강연이나 방송도 완전히 버리지는 말자.'

글쓰기에 가장 많이 마음과 힘을 쏟되, '말하기'와 관련된 일들도 무조건 버리기보다는 본래의 나와 아주 어긋나지만 않는다면 할 수 있는 데까지 해보자고 생각했다. 모든 것을 버리지 말고 절충해서 함께 끌고 가보자, 대신 뭐가 나의 핵심 정체성인지는 잊지 않도록 하자고.

그렇게 커리어의 중간 점검을 했고, 지금에 이르렀다. 무언가를 굳이 먼저 버릴 필요가 없을 때는 최대한 같이 끌고 가보면서 새로운 가능성을 열어두는 선택, 나는 그런 '절충의 선택'도 경우에 따라 지혜롭다는 것을 알게 되었다. 다른 말로 균형 잡기였다.

당시의 선택에서 10여 년이 넘은 시간이 흘렀고 나는 말보다 글에 더 확연히 무게를 둔 삶을 살아가고 있다. 그리고 재차 말하는 일과 쓰는 일에 대해 생각한다. 말하기보다 쓰기가 더 마음이 편하고 그 경향은 갈수록 짙어진다. 같은 내용을 담는다고 해도 말과 글로 나오는 결과물은 어쩔 수 없이 결이 다를 수밖에 없는데 내게는 글의 결이 자연스럽고 편안하다. 일상에서 말을 아끼고, 특히 하나 마나 한 말들은 가급적 하지 않고 싶다. 예전에는 '말하는' 일을 적지 않게 하기도 했고, 재밌어한 부분도 있었지만 시간이 갈수록 쓰는 일 위주로 하고 싶어진다. 차분하고 세심하게, 공을 들여 쓰고 싶다. 비록 쓰는 일이 세상 최고로 효율이 나쁜 일이라고 해도.

7

마지막으로 '내려놓음의 선택'이 있다. 재작년 여름과 가을, 나는 두 계절에 걸쳐 처음으로 드라마 각본을 썼다. 원작은 그해 3월에 출간된 내 에세이 『평범한 결혼생활』이었다. 6월에 드라마 판권이 한 제작사에 팔려 기뻐한 것은 잠시, 내가 직접 각본을 쓸 것이 조건으로 내걸어져 있었다. 결혼이라는 보편적인 화두를 다루는 만큼 톤의 스펙트럼은 한없이 넓을 수밖에 없었는데 담당 프로듀서는 에세이의 톤을 드라마에도 구현하고 싶어 했으니 그것은 어찌 보면 감사하고 기쁜 제안이었다. 하지만 내 입장에서는 바로 다음 소설 작업으로 넘어가려고 하던 찰나 뜻하지 않은 제안을 받아 망설여졌다. 나는 드라마 각본을 써본 적도 없고, 드라마 작가 지망생도 아니었고, 심지어는 평소에 드라마를 잘 보지도 않았다. 결정적으로 더 이상 '결혼'에 대해 쓰기가 싫었다.

하지만 드라마 판권은 당연히 팔고 싶었다. 책 인세에 비하면 영상화 판권료는 상대적으로 큰 액수의 돈이었다. 또한 '새로운 기회'에 대한 고심이 컸다. 지금보다 더 나이가 들기 전에, 더 머리가 굳기 전에 내게 새로운 기회가 찾아왔을 때 이 기회를 잡아야 할 것인가? 새로운 도전을 해야 성장할 수 있는 것 아닌가? 남들은 기회가 주어지지 않아서 도전해보고 싶어도 못 해보는데……. 숏폼 드라마 10회분 정도면 나도 쓸 수 있지 않을까? 그럼에도 큰 결단이 필요해서 계속 마음이 우왕좌왕했다.

그래서 업계에 대한 이해가 있지만 나와는 일적으로 이해관계가 없는, 나의 기질을 잘 아는 주변의 지인 일곱 명한테 물어봤다. 그들은 누구 하나 상대가 듣기 좋은 말만 해주는 타입들이 아니어서 신뢰했다. 나는 너무나 놀랐다. 그 일곱 명 모두가 드라마 각본 집필에 찬성을 했기 때문이다. 이유는 이러했다.

- 늙고 싶지 않다면 변화를 수용해야 함.
- 신인 대우 받는 것 역시 길게 보면 커리어에서 바람직한 자극. 잃을 것 없음.
- 더 나이 들기 전에 해볼 만한 도전으로 적극 응원함.
- 콘텐츠 시장이 활자에서 다른 형태로 전환하는 시기임. 시대가 바뀌고 있음.
- 경선 샘은 새로운 도전에서 소득을 얻지 못한 적이 없음. 당연히 해야 함.

- 변화와 도전, 현재형 작가의 아이콘이 되시오.
- 자신이 쓴 것을 새로운 창작물로 바꾸는 것은 새롭 고 해볼 만한 경험임.
- 누나, 엄청 스트레스 받는데 한번 해봐. 재밌어.

와아. 진짜 한 명만이라도 반대를 했더라면. 어떻게 물어본 일곱 명이 죄다 한목소리로 찬성할 수가 있는지. 내가 아무리 '하지 않는 게 나은 이유'를 열거해보아도 모두가 그건 괜한 약한 소리요, 임경선답지 않은 몸 사림 이라고 지적했다. 대체 평소 나는 어떤 사람으로 그들에 게 비쳐졌길래. 그래, 내가 너무 무의미하게 쫄아 있는 건 지도 몰라, 라며 심기일전 마음을 가다듬고 나는 영상화 판권 계약서에 서명을 했다. 그래, 난 할 수 있어. 석 달 안 에 해치우자. 난 할 수 있어.

난 할 수 있는 게 아니라 드라마 각본 작업에 대해 너 무나 무지했다. 돌이켜보면 무지했기 때문에 겁도 없이 한다고 했던 것이다. 우선 드라마 각본 작업은 책 집필처 럼 개인 작업이 아니라 공동 작업이었다. 책 집필도 물론 편집자와 함께 의논하고 전문가의 편집 교정을 거치게 되지만, 글에 대한 자유와 권한이 많은 경우 저자에게 있다. 그러나 드라마 각본은 그렇지 않다. 회당 대본 작업이 끝나면 담당 기획 프로듀서와 미팅을 하면서 세세하게 수정 요청을 받는데 그러면 수정을 해야 하는 것이 업계의 룰이었다. 에런 소킨처럼 유명한 각본가도 프로듀서나 감독이 수정 요청을 하면 거스를 수가 없다고 한다.

수정 요청을 수용해야 하는 이유도 충분히 납득 가능했다. 그 글이 '각본'이라는 최종 결과물로 끝나는 거라면 각본가의 의도가 가장 중요하겠지만 각본은 드라마가 만들어지기 위한 '도구'이지 그 자체가 목적이 아니다. 그렇기에 드라마를 최종적으로 방영까지 이끌어갈 프로듀서의 의견, 드라마를 실제로 구현할 감독의 의견, 나중에 해당 배역을 연기할 배우의 의견 등이 기나긴 제작 과정에서 모두 반영이 되어야 하는 것이다. 수정도 책처럼 문장을 가다듬는 식으로 끝나는 것도 아니다. 캐릭터의 설정이나 특징, 대사 하나 바뀌면 과장 조금 보태서 그 뒤의 모든 것들이 다 바뀔 수밖에 없다. '이런 캐릭터라면 이런 톤으로 대사를 안 칠 것 같은데요' 같은 수정 의견을 받았다고 치자. 해당 캐릭터의 대사 톤만 바꾼다고 끝나는 게 아니다. 그 캐릭터는 혼잣말을 하고 있는 것이 아니기 때문에 그와 대화를 나누고 있는 다른 캐릭터

의 대사도 그에 맞춰 바뀌게 되는 것이고 그러다 보면 전
개도 바뀌게 되고…….

당시 드라마 각본 회의할 때 쓰던 장면별 포스트잇 보드.

　이런 끝도 없는 수정은 힘들긴 하지만 그저 무념무
상으로 하면 되었다. 한데 개인적으로 가장 힘들었던 부
분은 수정 요청 사항이 내 관점이나 인식과 다를 때였다.
말했다시피 드라마 각본은 그 자체가 결과물이 아니라
영상물을 위한 도구다. 그렇다면 각자 머릿속에 떠오르
는 영상에는 조금씩 차이가 있을 수밖에 없다. 결코 '틀
린' 수정 요청 사항은 아니지만 나는 어쩐지 어떤 장면을
넣거나 대사를 집어넣는 일이 나한테는 어색하고 싫을
때 괴로웠다. 아무리 봐도 내게 어울리지 않은 옷을 억지
로 입어야 하는 것과도 같았다. 하지만 그것은 내가 마음

을 고쳐먹어야 하는 것이 맞았다. 드라마는 드라마 작가의 개인 예술이 아니라 대중을 위한 엔터테인먼트 콘텐츠의 관점에서 바라보는 게 맞기 때문이다. 그러니 방향을 잡아주는 프로듀서나 감독의 말을 듣고 반영하는 것이 근본적으로는 '옳은' 것이었다. 하지만 이 작업을 하면서 깨달았다. 나는 '협업'하는 일을 해서는 안 되는 인간이라는 점을. 아내가 나가서 돈 벌어오는 것을 늘 기꺼운 마음으로 환영하던 남편이 안 되겠다, 그만둬라, 라고할 정도로 나는 극심한 스트레스를 받았다.

우여곡절 끝에 요청받은 각본 작업을 마무리하고 넘겨 제작사의 컨펌을 받고 한시름을 놓았다. 그런데 협의 중이던 한 OTT 플랫폼에서 톤 수정을 요청해왔다. 단번에 통과되는 경우는 잘 없다는 얘기를 들어서 그런가 보다 했지만 문제는 요청하는 그 '톤'이 도저히 내가 쓸 수없는, 아니 정말 쓰기 싫은 톤이라 피드백을 받고 정신이혼미해졌다. 도저히 그렇게 바꾸지 못하겠다는 애원에프로듀서는 일을 수월하게 해줄 다른 방안들을 진심을다해 강구해주었으나 나는 며칠간의 고통스러운 고민 끝에 모든 것을 내려놓기로 했다.

나는 일을 하다가 도중에 그만두는 사람이 아니었다. 곧 죽어도 끝장을 봐야 하는 성격의 소유자가 그만두겠다고 하는 것은 용기가 필요했다. 하지만 그러지 않을 수가 없었다. 그 일을 하면서 행복하지 않았다. 물론 행복하지 않아도 열심히 할 수 있다. 심지어 잘할 수도 있다. 하지만 그러려면 다른 동기부여가 있어야 했다. 문제는 이 일과 관련해서 내게는 다른 동기부여가 없었다. 앞서 말했지만 지금이 드라마 작가 전성시대든 아니든 드라마 작가가 되고 싶은 욕망 자체가 없었기 때문이다. 살아가면서 중도 포기라는 걸 거의 해본 적이 없는 나는 이것을 놔버린 후 자괴감과 아쉬움, 수치심에 휩싸일 것을 예상했지만 막상 전문 드라마 작가에게 바통터치하고 놓아버리자 우려했던 감정들이 전혀 나타나지 않아 스스로 깜짝 놀랐다. 내가 더 이상 기여할 수 있는 부분이 없다고 냉철하게 판단되면 미련이나 후회가 없다는 것을 알았다.

　일곱 명의 현자 지인들의 말대로 나는 보통 새로운 도전에 굉장히 유연하게 적응하는 사람이었다. 그러니 이토록 몸과 마음이 예상치 못하게 거센 거부 반응을 일으켰을 때는 자문하지 않을 수가 없었다.

　나는 가짜 욕망에 휘둘렸던 것일까?

이 일을 계기로 선택에 관한 나의 경향성 한 가지를 확실하게 깨달았다. 그것은 바로 내가 여러 사람들한테 이거 할까 말까라고 묻고 다닐 때는 용기가 없어서 혹은 응원을 받고 싶어서 묻는 게 아니라는 점이다. 그것은 그저 내가 실은 그다지 하고 싶지 않은 일이었던 것이다. 그리고 묻는 사람이 많으면 많을수록 마음속 확신과는 거리가 먼 일이라는 뜻이었다. 나라는 사람은 하고 싶은 일이나 확신이 생긴 일이면 그 누구에게도 의견을 구하지 않고 그냥 생각과 더불어 해버리는 사람인 것이다. 여러 사람들한테 어떻게 생각하는지 묻고 있다는 것은 이미 내 안에서 직감적으로 '아니'라는 것을 감지하고 있다는 뜻이었다.

그래도 일곱 명의 현자 지인들의 이야기도 결코 틀리지만은 않았다. 새로운 도전에서 소득을 얻지 못한 적이 없으니 해야 한다는 말도 맞았다. 나는 이 거친 반년간의 경험을 통해 캐릭터의 대사를 쓰는 능력이 과거에 비해 월등히 나아졌고 그것은 고스란히 그 후 소설 작업에 반영되었다.

8

사람들은 보통 타인이 내게 바라는 선택을 주로 하기 시작하다가(부모, 사회나 타인으로부터 인정받고 싶으니까) 그다음부터 '내가 정말로 원하는 것은 뭘까'를 스스로에게 묻게 되고 '나다운 인생'을 찾아간다. 하지만 또 어떤 사람들은 젊을 때 '하고 싶은 것만' 하고 살아서 이제는 '타인이 내게 원하는 것'을 하여 주변을 기쁘게 하는 데서 보람을 느끼기를 선택하기도 한다. 이런 방향 또한 당사자에겐 자연스러운 것이다. 나는 인간이 살면서 필연적으로 이 두 가지의 상황을 두루 겪을 수밖에 없다고 생각한다. 남의 뜻대로 살다가도 언제고 자신의 장소를 발견하기도 하고, 늘 자기 뜻대로만 살 수 없다는 것을 깨닫고 시선을 밖으로 두는 새로운 자유로움과 만나기도 한다. 자연스러운 순환이라고 생각한다.

9

스티브 잡스를 비롯, 얼마간의 성취를 일궈낸 세간의 오피니언리더들은 '선택'에 대해 대개는 이런 조언들을 한다.

- 당신이 정말로 좋아하는 것, 원하는 것을 하라.
- 가만히 있으면 아무것도 바뀌지 않는다.
- 어떤 선택을 내림으로써 실패를 해도 후회하거나 남 탓하거나 자학하지 말자. 그런 실패들을 거치며 지 금의 내가 있다. 실패를 두려워 말고 선택할 용기를 가지자.

나도 예전 책에서 유사한 얘기들을 했을 것이다. 특 히 2030 세대들은 여러 가지 경험과 모험을 거쳐야 하는 시기이기에 주로 '직진의 선택'을 하라고 등을 떠밀었을 것이다. 지금도 그 생각이 크게 달라지지 않았지만 오늘 은 여기에 다른 이야기들을 조금 덧붙이고 싶다.

10

설명할 수 없는 더 큰 가치에 대해.

보통 우리가 어떤 선택을 내리는 기준은 그 일이 내

게 실질적인 이득을 줄 거라는 기대가 있기 때문이다. 그것이 일반적으로 현명하고 합리적인 선택일 것이다. 하지만 여기서 짚고 넘어가야 할 것은, 현명하고 합리적인 선택은 그 자체가 목적이 아니라 어디까지나 하나의 '수단'이라는 점이다. 우리가 어렵게 고민하고 선택을 내리는 목적은 '내가 행복해지기 위해서'인 것이다. 행복이라는 단어가 어렵다면 '자기만족, 충족'으로 바꿔보면 된다. 그리고 행복에는 객관적인 정답이 존재하지 않는다.

자, 이렇게 생각하면 어쩌면 바보 같고 비합리적인 선택을 자꾸 하고자 하는 자신의 마음이 이해될 것이다. 이 선택이 내게 이득이니까, 내가 편해지니까 머릿속 계산으로 선택하면 얻어지는 것은 딱 거기까지다. 조금 손해 봐도 되니까, 힘들어도 좋으니까, 다른 사람이 어떻게 생각하든 상관없으니까, 라면서 간절히 선택한 것에는 단순히 계산으로 설명할 수 없는 더 큰 가치가 숨겨져 있다. 거기에는 누가 뭐래도 내가 행복이라고 생각하는 어떤 모습이 들어 있을 것이다. 내 경우 그 어떤 모습은 '자유'와 '아름다움'이었다.

11

건전한 자기 의심에 대해.

자신의 선택에 납득을 한다는 것은 '이 선택으로 인해 난 잘될 거야!'라는 넘치는 자신감이나 확신이 아닌, 그에 대한 '건전한 자기 의심'도 차분히 갖고 간다는 의미임을 알게 되었다. 자기 의심을 가진다는 것은 인생의 통제 불가능함, 흐릿함, 모호함, 불가해함을 경험하고 끌어안게 되었다는 뜻이기도 하다. 여러 가지를 경험하고 나면 인생이 공식처럼 이것은 성공이고 이것은 실패라는 식으로 구분되지 않는다는 것을 절로 알게 된다. 그래서 '잘 내린 선택'이란 긍정과 믿음, 확신과 지나친 들뜸으로 이루어진 것이 아니라,

1. 내가 생각하는 행복의 모습을 이루기 위해 이것을 선택했다.

2. 다만 내 선택은 틀릴 수 있고 내게 손해를 끼칠 수도 있다.

3. 하지만 '그럼에도 불구하고' 지금은 이것을 선택하기로 한다.

4. 그래도 난 괜찮을 것이다.

라는 담담하고 차분한 마음을 가지는 일일 것이다.

또한 가끔 그런 생각을 한다. 때로는 살다 보면 내가 주체적으로 선택을 내리는 게 아니라 저쪽에서 나를 선택하고 있는 느낌을 받는다. 상황에 휘말려서 어쩌다 보니 그 방향으로 가고 있었다는 것인데, 이렇게 내게 주도권이 없고 끌려가는 것 같지만 그게 묘하게 기분 나쁘지 않고 도리어 마음이 좋을 때도 더러 있다. 난 아무것도 한 게 없다지만 실은 나는 수동적으로 따라갈 준비를 능동적으로 이미 다 마친 상태일 수도 있다. 인생의 모든 것들을 내가 일일이 결정하는 것도 약간 피곤하지 않은가. 인생에서는 가끔 그냥 정신 차려보니 내가 이것을 하고 있네? 이런 느낌도 괜찮은 것 같다. 모든 상황을 내가 결정하고 통제할 필요는 없다.

12

일상의 선택이 쌓이면 습관이나 루틴이 되고, 라이프

스타일의 선택이 쌓이면 취향이 된다고 했다. 인생의 선택이 쌓이면? 점점 '나 자신'이 되어간다.

사람들은 인생 경험이 누적되면서 선택의 기로에 섰을 때 현명해지기를 바란다. 과거의 실패 경험을 토대로 이제는 어느 정도 알기 때문이다. 그래서 보이는 것에 따라 신중해지며 지혜로운 선택을 하려고 하는데 어찌된 영문인지 나는 가면 갈수록 '직감'이나 '직관'으로 선택하고 싶어진다. 그 순간 내 마음에 자연스럽게 들어오는 선택을 하고 싶다. 그 자연스러움은 분명 나에게 있어서의 행복의 실체를 반영하고 있을 것이다. 내가 나 자신과 어긋남이 없는 선택을 하기 위해서라면 책임, 노력, 미움받거나 실패할 가능성 등의 여러 가지 대가를 얼마든지 치를 수 있다. 나 자신으로 살아가기 위하여.

다행인 것은 우리가 인생을 살아가면서 여러 가지 선택을 용기 있게 내리면서 시행착오를 경험해나가다 보면, 나에게 가장 중요한 가치가 무엇인가를 점점 알게 된다는 것이다. 내가 내린 선택의 결과가 성공이든 실패든, 그런 마음—나는 이런 인생을 살고 싶고 이런 가치를 중시하는구나—에 대한 세심한 관찰을 할 수만 있다면 나는 그것으로 이미 충분한 것 같다고 고개를 끄덕이고 싶다. 사유하고 고민하고 행동하면서, 건전한 자기 의심을 곁들인 선택들을 거듭 내리면서, 내 인생을 자율적으로 살아가고 있다는 감각. '나 자신으로 살아가기'란 바로 그런 게 아닐까 싶다.

묻고 답하기

선택 후 후회가 밀려올 때

심사숙고해서 선택을 했는데 후회가 밀려오는 순간
들에 어떻게 했는지 궁금하다. 그리고 인생에서 가장
잘한 선택이 무엇인지도.

후회라는 것은 만회할 수가 없는 것들에 대해 느끼
는 것 아니겠는가. 후회를 해서 무언가 달라진다면 좋겠
지만 그것은 어디에도 가닿지 못하는 감정이다. 돌이킬
수가 없는 것들은 그저 감당하며 지나갈 수밖에. 후회라
는 감정을 너무 곱씹으면 그것이 불순물처럼 안에 고이
기 때문에 후회가 밀려오더라도 신속히 흘려보낼 수 있
다면 가장 좋겠다. 나의 경우, 후회라는 감정을 거의 느껴
본 적이 없는 것 같은데, 그것은 '그때 만약 그랬더라면'
이라고 상상해보는 습관이 없어서다. 정확히는 과거에
도 미래에도 별로 관심이 없는 편이다. 내가 살아가는 시
간은 이번 한 주와 올해 1년으로 이루어져 있다. 인생에
서 제일 잘한 선택? 난임 클리닉 힘들게 다녔지만 아이를
낳은 일은 정말 제일 잘한 것 같다. 이 불확실한 세상에서
가장 확실한 기쁨이니까.

나이에 얽매인 선택

몇 살 때 뭘 하고 어떻게 해야 하는 둥, 나도 모르게 나이에 얽매이게 된다. 지금 서른한 살이고 아프리카로 2년간 해외 파견을 준비 중인데 주변에서 지금은 커리어보다 결혼을 준비할 때라며 걱정한다. 나이에 얽매여서 선택이 흐려질까 걱정된다.

사람들은 대체적으로 '자신이 못 하고 있는 것을 남이 하고 있으면' 그것을 말리고 싶어 한다. 미지의 세상은 어떤 사람들에겐 두려움이고 자신이 뭐라고 자신 있게 거론할 수 없는 세상이니까. '아프리카'라는 것 때문에 선입견도 작용한 것 같다. 삼십대 초반의 2년이라는 시간은 지금은 길게 느껴지고 내 인생을 뒤흔들 것만 같지만 길게 보면 내 유연성을 키워주고 외연을 넓혀줄 수련의 시간으로 인생에 남을 것이다. 건강히 잘 다녀오시고 많은 경험 하고 돌아오시면 좋겠다. 지금 당장 결혼해서 살고 싶은 사람이 있는 게 아닐 바에야 결혼보다 일이 우선이다.

아이를 두고 내리는 선택

자기 자신을 위한 선택과 자식을 놓고 하는 선택은 조
금 다른 것 같다. 작가님은 아이를 두고 하는 선택에
있어서 이것만큼은 꼭 지킨다 하는 기준이 있는지 궁
금하다.

아이가 어렸을 때부터 구체적으로 위험한 상황이 아
닌 이상 웬만해서는 '하지 마'라는 말을 한 적이 없다. 왜
NO를 말하지 않았나 생각해보니, 내가 그런 말을 듣고
크지 않아서였다. 나도 자유롭게 컸고 가족을 이룬 후에
도 자유롭게 사는 편이라 아이를 구속하거나 과잉보호하
고 싶지 않다. 그렇다고 아무런 경계 없이 무작정 풀어주
면 그건 도리어 아이에게 불필요한 불안감을 안겨주는
일이다. 최대한 혼자 탐색할 심리적, 물리적 공간은 넓게
책정해주되 넘지 말아야 할 경계선에 대해서만큼은 엄격
하다. 단순 방임은 무책임하지만 경계를 정해주면서 최
대한 자율을 허락하는 것은 독립심과 책임감을 스스로
터득하게 만든다고 생각한다. 특히 사춘기 때는 자신의
세계관이 형성되기 시작하는 때라 혼란스러운데 그때 쑤
시고 들어가서 자기 색으로 물들이려는 시도는 하지 말

아야 한다고 생각한다. 그래서 내가 결정적 순간에 NO라고 하면 아이는 칼같이 알아듣고 그 일을 하지 않는다. 평소 NO를 남용하지 않기 때문에 NO에 무게가 실리는 것이다.

만나고 싶은 사람을
선택할 수 없을 때

살면서 어떤 사람과는 잘 지내고 싶지만 어떤 사람과는 가급적 보고 싶지 않다. 회사 생활이나 결혼 생활에서 보고 싶은 사람을 주체적으로 선택할 수 없을 때 그런 환경에서 오는 스트레스나 무력감은 어떻게 다스려야 할지.

회사는 공적인 관계의 장이기 때문에 보고 싶다, 보고 싶지 않다를 논할 수 없다. 그냥 같은 공간에 있어야되는 것이고 일로 최소한만 엮이게끔 할 수 있다면 그나마 다행이다. 얼굴에 가면을 쓰고 연기를 하는 것은 사회인의 에티켓이라고 생각한다. 공적인 인간관계는 그렇게 '머리'로 하는 것이기 때문에 반대로 사적인 인간관계에서는 최대한 자유롭고 자연스럽기를 바란다. 그런 면에서 결혼 생활에서 그런 보고 싶지 않은 사람이 있다는 것은 상당히 마음이 무거운 일인데…… 그 대상이 누군지는 모르겠으나 나는 이러나저러나 고통스럽긴 마찬가지라면 내 감정에 솔직해지면서 고통스러워지는 편을 택할 것 같다. 내키지 않는 사람 가급적 보지 말고, 좋아하는 척하지 말고, 신경 쓰고 싶지 않은 것은 신경 끊는 것이다. 특정 이유 때문에 고통을 참으면서까지 보고 지내기도 한다지만 그것은 어디까지나 그 고통이 단기간 내에 끝날 것을 확신할 때의 얘기고 이것이 향후 내 삶을 오래도록 지배할 것 같으면 나 자신부터 구해내야 하지 않을까.

이용당한 기분

사람들이 다가와 무엇을 같이 하자고 제안을 하면, 나도 잃을 게 없고 새로운 도전이자 좋은 기회니 함께 하기로 선택한다. 하지만 결국에는 점점 시간이 지날수록 그 사람의 욕망을 채우고자 내가 이용당하거나 휘둘린 기분이 든다. 어떻게 하면 좋을까.

뭐든지 열심히 하고 몰입하는 성격의 사람이 이런 일을 마주하는 경우가 많아 보인다. 처음에는 조금만 도와주는 식으로 시작해도 천성이 최선을 다하는 게 몸에 배어 있으니(아마 그걸 알고 상대가 같이하자고 그랬을 것이다) 어느덧 내가 주체적으로 이끌어 모든 일을 하고 있고, 바라는 만큼의 보상이나 인정은 돌아오지 않으니 소모되고 이용당한 것만 같다. 게다가 사람은 화장실 들어갈 때와 나갈 때가 달라서, 아쉬울 때는 매달리다가 막상 한껏 도와주면 그것을 당연히 여기기도 하고 오히려 화를 내기도 한다. 그러면 이쪽에서는 서운함을 넘어 억울한 마음이 들 것이다.

우선 이런 패턴이 반복된다면 자기 자신의 어떤 부분이 그런 상황을 야기하는지 살펴보는 것도 재발을 방지하는 데 도움이 될 것이다. 중간중간 내가 기여한 몫을 상대에게 확인시키거나, 아니다 싶으면 언제라도 빠져나올 수 있는 장치를 마련한다. 한편 사람이란 뭐든 주관적으로 생각하기 때문에 그 사람을 도와주는 차원에서 함께했다고 생각해도, 그쪽에서는 반대로 자신이 어떤 기회를 선의로 제공했다고 생각할 수가 있다. 그래서 늘 내가 더 손해 보고 더 퍼주었다고 느끼기도 한다. 그 누구와 여여도 늘 손해 보는 느낌이 들면 반드시 상대가 무신경하다기보다 내가 다른 사람과 같이 일하는 방식에 맞지 않는 걸 수도 있다. 또한 같이 일한다는 것은 결코 50 대 50으로 균형을 잡을 수가 없다. 누군가는 더 갈아 넣고 누군가는 더 약게 구는데…… 천성이 일을 좋아하고 올인하는 타입들은 이런 측면에서 주로 손해 보는 입장임을 받아들여야 한다. 나중에 보면 그게 반드시 내가 바보짓한 게 아님을 알게 될 것이다.

언제까지나 사랑을 선택하기

사랑이 사치라고 얘기하는 시대인데, 사랑을 선택하라고 얘기하는 것을 많이 들었다. 왜 그렇게 말하는가.

인생에서 사랑만큼 큰 희열은 없다고 생각한다. 생생하게 살아 숨 쉬는 것만 같다. 고통스럽다고들 피하는데 그래도 사람이 사랑에 빠지는 이유는 그럴 만한 가치가 있기 때문에 기꺼이 고통을 감수하는 것이다. 또한 우리의 인생은 결국 내가 누구를 어떻게 사랑했는가로 기억이 될 것이다. 그것이 사실상 다다. 시간이 흐를수록 사랑을 할 수 있는 심장이 굳어가기 마련이니 심장이 튼튼할 때 많이 사랑하면 좋겠다. 싸우지 좀 말고.

결혼의 선택 기준

스물아홉 살에 결혼을 해야겠다고 선택한 기준들은 무엇이었는지. 당시 결혼을 선택할 때 불확실성이 있었는지, 그것은 지금 돌이켜서 생각하면 합당한 불확실성이었는지 궁금하다.

당시엔 뭐가 확실하고 불확실한 건지 생각조차 하지 않고 그냥 나방이 불속으로 뛰어들듯이 결혼해버렸다. 제정신인 상태로 결혼까지 못 간다. 이성적인 판단으로는 이게 합리적인 선택이 아닐 수 있음을 알면서도 너무너무 좋아하면 당장 같이 살고 싶고, 법적으로 묶이고 싶은 것이다. 너랑 함께 지옥에 떨어져 죽어도 괜찮다, 같은 감정이 되는데(나만 그래?) 인생에서 그토록 나를 제정신이 아닌, 비이성적으로 만들어버리는 상대를 만나는 일은 행복했다.

인간이니까 결혼 생활 중간에 자신의 선택이 아쉬울 때도 당연히 있었지만 그것은 엄밀히 말하면 나나 상대의 문제라기보다 결혼이라는 제도에 본질적 결함이 있어서 그렇다고 생각한다. 여전히 사랑에 빠진 불완전한 인간이 그나마 끝까지 가볼 수 있는 것은 결혼이라 생각하고 결혼 생활은 무척 어려운 것이기 때문에 정말 좋아하는 사람과 해야 한다고 생각한다.

실패를 넘어서는 힘

나의 자율적 선택으로 좋은 결과가 나오면 좋겠지만 실패하면 내 탓을 하게 되고, 남의 선택에 따랐다가 실패했을 때도 내 탓을 하게 된다. 내 탓을 하지 않고 실패 속에서 배우고 넘어가는 힘을 키우려면 어떻게 해야 하나.

실패의 결과를 만지작거리며 곱씹기보다 나는 딱 상황을 직시하고 후딱 다른 일로 넘어간다. 10년 가까이 나를 옆에서 지켜봐온 후배 J는 나에 대해 이렇게 말한다.

"언니는 좋은 것에도 나쁜 것에도 안 머물러 있어.

늘 'move on'의 상태야."

　좋은 일이 생겨도 그 상태를 느긋하게 누리는 대신 '자, 다음'이라며 모드 전환해버리고, 나쁜 일이 생겨도 그 상황을 건조하게 처리한 후 다음 단계로 휙 넘어가버린다는 것이다. 어릴 때부터 몇 년에 한 번씩 크게 환경이 변해서 '새롭게 시작해야만 하는 상황'이 몸에 깊이 각인된 탓에 그럴지도 모르고, 단순히 성격이 급해서 그럴 수도 있겠다. 다만 한 가지 분명한 것은 제한된 상황에서도 스스로의 인생을 통제하는, 내 질서를 스스로 만들어나가는 감각을 소중히 여긴다는 것이다. 겉으로 드러나는 기쁨 속에서도 남모를 슬픔이, 겉으로 보이는 슬픔 속에서도 의외의 기쁨이 스며 있는 게 인간의 복잡함이다. 어쩌면 그래서 그 속에 머무는, 혹은 고여 있는 일에 딱히 크게 감흥이 없고 그 대신 move on할 때의 힘찬 심호흡만을 구하는지도 모르겠다.

차선의 선택만 하는 나

나는 내가 원하는 선택보다는 주로 타협하고 절충한 차선의 선택을 내린다. 불안하더라도 정말 원하는 것

을 향해 뛰어들고, 용기 내어 선택하는 것을 어떻게
연습할 수가 있을지? 무모한 직진 같은 것도 해보고
싶지만……

'차선'이라고 하는 것은 '나도 괜찮지만 다른 사람들
도 만족시킬 수 있는' 그런 선택이라고 생각하고 나쁘지
않다고 생각한다. 다만 왜 항상 차선이나 절충 노선만 선
택하는지 그 부분이 불만이라면, 정말 원하는 것은 따로
있다는 것을 마음으로 안다는 뜻이다. 그렇다면 가장 좋
은 연습법은…… 다음번에도 그런 차선의 선택을 할 기회
가 오면 그때는 한번 '퇴로를 끊어버리면' 어떨까. 차선과
절충에 안주하는 습관이 몸에 배어 있다면 그 '컴포트 존
Comfort Zone'으로 돌아가기 전에 자신이 못 하게끔 끊어버
리는 것 말고는 방법이 없다. 모험을 할 줄 안다는 것은 결
과를 확신하지 못하는 상태에서 '그래도 괜찮아', '아니,
그렇게 하고 싶어'라는 마음 하나 보고 가는 것. 그 마음
을 지키기 위해 어떤 사람들은 다리를 건넌 후 다시 되돌
아가지 못하도록 스스로 다리를 끊어내는 것이다.

그렇다고 자신의 '안정 지향적인' 성향을 문제 삼을
필요까진 없다고 생각한다. 세상은 보통 '너다운 인생을

살아', '네가 원하는 것을 해'라고 부추기지만 나 자신보다도 주변이 내게 원하는 것을 하는 것도 하나의 존중받아야 할 선택이다. '내가 원하는 것을 위해 모험하고 지르지 않으면 그 인생은 덜 멋진 것이다'라고 강요하는 주변 분위기에 휘둘릴 필요는 없다. 나의 경우 저술업을 하기 때문에 상당히 '나답지 않으면 안 되는' 특수한 일을 하는 셈인데 사실 글로 먹고사는 일은 처음엔 '최선(당시의 나에게 최선은 회사 중역이 되는 것)'이 아니라 '차선(몸이 약해서 집에서 쉬엄쉬엄 할 수 있는 것)'이었다. 하지만 그 차선의 선택은 어떻게 임하느냐에 따라서 차후 '최선'의 선택으로 위치를 옮기게 되었다.

타인이 기대하는 선택을
수용하는 법

나 자신이 원하지 않지만 타인이 기대하는 선택을 따라야 하는 상황일 때, 어떻게 생각하면 좀 받아들이기 편할까.

보통 타인이 기대하는 선택을 따를 때는 거기에 뭔

가 분명한 이점이 있기 때문에 따르는 것이다. 그 이점에 가치를 둘 수 있지 않을까. 사람은 나한테 돌아오는 것은 아무것도 없는데 그저 남들 좋기 위해 나를 희생시키는 선택을 하지는 않는다. 가령 '타인한테 좋은 사람이 되어 그 사람으로부터 사랑받는 것'이 보상으로 돌아올 수도 있다. 그 부분의 욕망을 인정하고 그 선택을 따르되, 그 선택으로 인해 계속 본성을 거스르는 방식으로 사는 것 같으면, 그 상황에 절대 익숙해지지 않을 것 같으면 도중에 멈추고 빠져나와야 할 것이다. 혹은 타인이 기대하는 선택을 따르면서 그 안에서 새로운 가능성이나 기회를 찾아 가지를 뻗을 수도 있을 것이다.

조직 생활을 선택한다는 의미

처음에는 무조건 회사를 1순위로 생각했다. 하지만 점점 시간이 지날수록 '나'를 조금씩 더 생각하게 된다. 나와 회사 사이에서 어떻게 균형을 맞춰야 하는가. 승진을 위해서는 아무래도 나를 위한 선택보다 회사를 위한 선택을 해야 하겠지만……

심정적으로 7(회사) 대 3(나) 정도가 월급 생활자의 근로 윤리라고 생각한다. 회사에 다니는 한, 우선 회사에 도움이 되는 사람이 되어야 할 것이다. 회사는 자아실현하기 위해서 가는 곳이 아니다. 우선 회사에 도움이 되는 인재가 되어야 하고, 그러면서 동시에 그곳에서 키운 다양한 역량이 개인의 기량으로도 차후 발휘될 수 있다면 좋은 것이다. 회사를 위한 선택과 나를 위한 선택을 나눠서 제로섬게임처럼 바라보는 관점에서 자유로워질 수 있다면 좋겠다. 그 둘은 반드시 상충되는 개념이 아니다.

후회와 자책

잘못된 선택은 늘 후회와 자책을 동반하는 것 같다. 그때 이렇게 했더라면 지금과 달랐을 텐데, 같은 생각을 자주 한다. 과거의 나는 너무 어렸고 지금의 나는 현실을 너무 잘 알기 때문인지 과거의 선택을 되돌리고 싶을 때가 있다. 과거의 잘못된 선택으로 후회를 하는 이에게 하고 싶은 말은?

과거의 선택은 되돌릴 수가 없으니 후회하는 것을

멈춰야 한다. 후회는 자책과 한 세트라서, 그냥 후회 자체를 하지 않는 게 좋다. 후회하기 시작하면 계속 과거를 곱씹어보는 과정에서 과거를 왜곡시킬 수도 있다. 우리가 기억하는 과거는 어떤 형식으로든 교정된 과거고, 혹은 내 편의대로 해석한 것도 있다. 과거를 돌이켜보는 일은 끝내고 현재 내 눈앞에 보이는 문제들에만 집중했으면 좋겠다.

나보다 가족을 위한 선택

나이 먹을수록 온전히 나를 위한 선택이 어렵다. 자유롭고 싶지만 초등 저학년 딸아이의 엄마이자 아내의 역할이 있기에 책임감을 점점 느낀다. 이럴 때 어떻게 선택하고 나아가야 될지.

가족을 우선시하는 것도 자의적인 선택이다. 내가 그러고 싶으니까, 그게 더 가치 있다고 생각하기 때문에 그러는 것이니까 자책감 느끼지 않았으면 좋겠다. 그럼에도 내가 굉장히 불행한 것 같다는 생각이 들면 '나를 위한 선택'에 조금 더 비중을 둬야겠지만. 선택은 어디까지

나 수단일 뿐이다. 현재 자유로운 선택보다 책임 있는 선택에 마음이 납득된다면 그것으로 충분히 괜찮은 선택이 아닐까. 다만 어린 딸아이의 엄마 역할에 책임을 느끼는 건 알겠는데 남편은 '아들'이 아니라 내가 키워주거나 챙기지 않아도 되는 '성인' 아닌가. 아내의 역할…… 나는 그것이 정확히 뭔지 잘 모르겠다.

아이를 낳는 선택

결혼을 고려하는 남자친구와 아이를 낳을 것인지에 대해 계속 얘기하고 있다. 한 명이 아이를 돌보면 외벌이가 되어버리는 등 그런 현실적인 문제들을 생각하니 쉽게 낳겠다는 결론을 못 내리겠다. 그러면서 동시에 가정을 이루는 꿈을 꾸게 되는데 어떻게 생각하는지?

정답은 없지만 누가 나의 생각을 물어보면 나는 항상 낳으라고 대답하는 사람이다. 육아는 일반적으로 어렵지만 평생 육아하는 것도 아니고 시간이 흐르면 지나간다. 한국에서 아이 키우는 것이 쉽지 않다는 얘기도 틀린 말은 아니지만, 그건 세간의 특정 기준에 끼워 맞추려고 하다 보니까 더 어렵게 느껴지는 부분도 있는 것 같다. 그럼에도 불구하고 아이를 가지는 기쁨이 훨씬 크고, 인생에서 주어지는 가장 귀한 선물이라고 생각한다. 그것은 마치 인생을 다시 한번 슬로모션으로 음미하며 사는 것만 같다. 내가 아이를 가질 때 어렵게 가져서 더 귀하게 느끼는 걸 수도 있지만.

이십대 초반에게
해주고 싶은 이야기

지금 이십대 초반인데 우리 또래에게 해주고 싶은 말이 있다면?

어려운 질문이다. 세대별 구분을 하는 것도 썩 좋아하지 않고 같은 이십대라도 각자 여러 상황이 있기 때문이다. 사람들이 보통 이십대에게 많이 하는 말은 다양한 경험을 해봐라, 연애와 여행을 해라, 모험과 도전을 해라, 같은 종류고 그건 틀린 말이 아니지만, 나는 그런 경험들을 할 때 한 가지 세부 사항을 유념하기를 바란다.

정규교육과 사회의 보호가 끝나 독립을 시작하는 이 십대부터는 여러 경험들을 하다 보면 필연적으로 실패나 고통을 겪게 된다. 그때 그 괴로움을 소화해내지 못해 손 쉽게 남 탓을 하지 않았으면 좋겠다. 지금 세상은 너무 남 탓하기 쉬운 세상이 돼버렸다. 공격도 너무 쉽고, 누군가 를 상처 입히는 것도 너무 쉬워졌다. 부정적인 감정을 참 지 못해서, 고통에서 벗어나는 것에만 급급해서 바로 온 라인에 하소연이나 분풀이를 하고 사람들이 동조해주면 금세 풀리고…… 나는 항상 피해자고 손해 보고 있고 억 울하고…… 이런 자기 연민에 부디 익숙해지지 않기를 바란다.

혹은 과하게 자책하거나, 그와 반대로 '아팠기에 난 성장했다'라고 손쉽게 괜찮은 척하지도 않았으면 좋겠 다. 불완전한 존재로서 얼마든지 겪을 수 있는 실패와 고 통을 있는 그대로 받아들이고, 빨리 결론 내리기보다 내 안에서 가만히 소화시키며 그 과정을 감당할 수 있으면 좋겠다. '받아들임'은 그 문제에 대해 여러 각도로 사유 하는 힘을 길러준다. 근본적인 변화나 성장은 그렇게 천 천히 찾아올 것이다.

남들이 가는 길로 가야 하나

과거의 나는 최대한 주체적으로 자유로운 선택을 해왔던 것 같은데 최근에는 현실적인 것들에 많이 부딪히다 보니 남들이 하는 선택도 일리가 있다는 생각이 든다. 마음은 계속 자유로운 선택만 하고 싶지만 점차 남들이 하는 현실적인 선택을 하게 될 것만 같은 두려움이 밀려온다. 작가님은 어떤 경향으로 흘러왔는지, 남들처럼 선택을 하는 와중에 어떻게 자신만의 선택을 했는지 궁금하다. 그 사이에서 자기의 중심을 찾으려면?

부모님이 구속하거나 내 인생의 선택에 일절 터치하지 않았기에 어렸을 때부터 상당히 자율적으로 선택하며 살아왔다. 친구들의 압박이나 그들과의 비교도 없었다. 오랜 기간 아웃사이더의 정체성을 가져서인지 '인사이더'가 되어야겠다는 강박에 매이지도 않았다.

'남들이 하는 선택'이라고 하면 어쩐지 '내가 하기 싫은 선택'과 동의어처럼 들리지만 '가지 않은 길'은 사실 가보기 전에는 알 수 없다. 남들이 하는 선택도 일리가 있어 보인다는 것은 그만큼 마음이 끌린다는 뜻일 터인데 그것으로 내가 본질적으로 훼손이 되거나 망가지지 않는다면, 그리고 내가 좋아하지 않아도 잘할 수 있고 편안할 수 있는 방향이라면 기회를 줘봐도 괜찮지 않을까. 의외로 내가 이런 것도 좋아하는구나 깨닫기도 하고, 지평을 넓히고 새로운 기회가 될 수도 있다. 남들이 하는 선택으로 잠시 활로를 넓혔다가 내가 원하는 것을 재확인한 후 다시 좁혀도 되지 않을까. 약간의 '여지'를 유연하게 준다고 생각하자.

포기의 경험

인생에서 포기의 경험이 많았는지? 자신이 한계에 부딪힐 때 그 안에서 최선의 결과를 내기 위해 포기하지 않고 전진하는지 혹은 다른 길을 선택하는지 궁금하다.

많지는 않았던 것 같다. 가장 결정적인 포기 경험은 두 번 있다. 첫째는 공부를 포기한 것. 나는 한국의 대학에서 정치외교학과를 졸업했고 학부 조교 생활을 오래 해서 당연히 진학해서 학자의 길을 갈 거라 생각했다. 일본 도쿄대학 대학원으로 진학했는데 대학교 4학년 때 처음 발견한 갑상선암이 반년 만에 재발했고 체중이 42킬로그램까지 떨어질 만큼 몸이 나빠져서 혼자 유학 생활을 할 수가 없었다. 요양 후 다시 공부를 할 수도 있었지만 이미 그때 나는 아카데믹한 사람이 아님을 깨달았다. 일본 최고의 대학을 놓친 것은 아쉬웠지만 그때 포기하지 않았어도 언젠가는 포기했겠지, 라는 생각이 든 건 사실이다. 둘째는 직장 생활을 포기한 것. 2005년에 또 네 번째 재발 수술을 받게 되었고 당시 이미 과로로 몸이 많이 좋지 않았다(관련 이야기는 에세이 『자유로울 것』에 자세히 나와 있다). 밥벌이는 해야겠고, 어디 출근하거나 말을 많이 해도 될 정도의 체력은 되지 않아 차선책으로 선택한 것이 글쓰기였고 결과적으로 당시 회사를 그만두어서 지금까지 저술업을 하고 있다.

대개의 경우, 나는 한계에 부딪히면 '그럼에도 불구하고' 하고 싶은지 자문해보고 조금이라도 흐릿한 마음이 들면 바로 리셋, 다시 말해 다른 길을 선택하는 편이다. 성장기 시절, 변화에 유연한 삶을 줄곧 살아왔기 때문이다. 유학 대신 직장 생활을 선택했고, 직장 생활 대신 건강과 내가 통제할 수 있는 저술업을 선택했다. 저술업을 하면서는 고비 고비마다 아슬아슬한 난관들이 있었지만, 그때마다 꾸역꾸역 어떻게든 넘겼던 것 같다. 그렇게 포기하지 않고 18년간 이 길을 걸어왔다. '그럼에도 불구하고' 글을 계속 쓰고 싶었던 것 같다.

물 흐르듯이 하는 선택

물 흐르듯이 가는 선택도 나쁘지 않다고 했지만 이게 맞는 것일까, 하는 불안감이 든다. 선택하고서도 이렇게 불안감이 들 때 그 불안을 어떻게 이겨낼 수가 있는가.

그건 그 선택으로 인해 완벽한 상황을 기대하기 때문에 그런 불안을 느끼는 것이다. 내가 이야기한 '물 흐르듯이 자연스럽게 내리게 되는 선택'에는 불안감이 없다. 그것이 완벽한 결과를 가져다주기 때문이 아니라 내가 원하는 선택이라는 확신이 있기 때문이다. 이 선택을 통해 객관적으로 손해를 봐도 괜찮다는 너그러운 마음이 받쳐주는 것이다. 다시 말해 여기서 잘 안 되어도 어쩐지 괜찮을 것 같아, 여전히 이 선택을 내리고 싶어, 같은 마음인 것이다. 밑져도 상관없다는 마음이 있을 때는 선택의 결과로써의 성공이나 실패가 별 의미가 없어진다. 그래서 타인의 잣대가 아닌 자기만족, 자기 납득이 중요한 것이고 그것들이 있는 한 불안이나 후회가 끼어들 여지가 적다.

나중에 뜻한 바대로 잘 안 풀릴 수도 있다. 하지만 그때는 '왜 내가 그런 선택을 내렸지?'하고 후회하기보다 다시 새로 그 시점에서 선택을 마주하면 된다. 그저 현재 상황에서 내가 바꿀 수 있는 것을 바꿔볼 뿐이다. 우리 인생은 끝없이 선택이 있고, 끝없이 변화가 있기 때문에, 토막 내서 A학점, B학점 점수를 매기는 것이 아니라 인생이 다할 때까지 계속 가는 것이다. 그때그때 새로 해결해야 될 문제점, 내려야 하는 선택, 해결해야 될 어떤 과제들이 있고, 그렇게 계속 앞을 보고 가는 것이지, 돌아볼 필요가 없다.

선택을 하고 나서도 불안감이 계속 강하게 이어진다면 그것은 어쩌면 마음속에서 원치 않은 선택을 내렸기 때문일 공산이 크다. 왜냐하면 적어도 내가 원하는 선택을 하고 있을 때는 나의 압도적인 원함/갈망이 불안을 가려주기 때문이다. 그래서 사람들은 남들이 보기에 무모한 짓도 하고 그러는 것이다. 나는 그런 비합리성이 인간다움을 설명하는 중요한 지점이라 생각한다.

우리 인생에 완결된 성취 같은 것은 없다. 그저 계속 가는 것이다. 우리가 어떤 사람을 보고 저 사람은 참 많은 것을 성취한 사람이라고 부러워하기도 하지만 정작 그 사람은 또 그렇게 생각하지 않을 것이다. 그들도 모든 선택의 순간에 고뇌가 있고 그 결과를 짊어지면서 또 앞으로 걸어나가는 것이다. 우리 모두가 그렇다.